W0225322

Franziska Wonnebauer

Die Peppermints

Dieses Buch widme ich meiner Mama Christine,
weil sie mich immer unterstützt und gefördert hat,
meiner Schwester Charlotte
sowie meinen Großeltern, Ewald und Helga!

Dankeschön für alles!
Ich habe euch lieb!

Franziska Wonnebauer

Die Peppermints

printsystem®
MEDIENVERLAG

Impressum

Autorin:
Franziska Wonnebauer

Verlag:
Printsystem Medienverlag · D-71296 Heimsheim

Druck:
Printsystem GmbH · D-71296 Heimsheim

Buchgestaltung:
Grafik- und Design-Studio der Printsystem GmbH

Titelgrafik: Anna Wächtler

erschienen im Dezember 2014

Der Umwelt zuliebe gedruckt auf umweltfreundlichem, chlor- und
säurefrei gebleichtem Papier.

ISBN 978-3-945833-28-5

Inhalt

Das sind sie!

Johanna bog mit ihrem Fahrrad in die Einfahrt ein, die zum Schulhof führte. Keuchend schloss sie das Fahrrad an einem der vielen Laternenpfähle an. Wie oft hatte sie bei den Klassensprecherversammlungen schon erwähnt oder besser gesagt, sich darüber aufgeregt, dass die Schule endlich Fahrradständer anschaffen sollte! Johanna schulterte ihren Schulrucksack und lief, im Schulgebäude angekommen, die genau 62 Stufen zu ihrem Klassenraum hinauf.

„Und einen Aufzug sollten die hier auch mal einbauen lassen!", dachte sie beim Stufenlaufen schnaufend. Im Vorbeigehen schmiss sie ihre Jacke auf die Garderobe und öffnete die Tür zum Klassenraum der 6b.

Herr Gustavsonn stellte gerade seine Aktentasche auf das Lehrerpult, als er Johanna bemerkte. „Auch schon da!", flötete er. „Ich würde nämlich gerne mit dem Mathematikunterricht beginnen!"

Mit der Hand deutete er auf Johannas freien Platz. Ohne ein weiteres Wort setzte sich diese neben ihre beste Freundin Franzi, die wie alle anderen Mitschülerinnen schon auf ihrem Platz saß.

Herr Gustavsonn begann mit seinem Unterricht. Franzi zupfte Johanna ein paar Strohhalme vom Fleecepullover, während sie im Flüsterton fragte: „Warst du noch kurz bei Flocke?"

Lächelnd nickte Johanna.

„Ja, er ist ein bisschen erkältet. Nichts Ernstes, aber man sollte eben trotzdem mal schauen", flüsterte sie zurück.

Flocke war Johannas Pony. Sie liebte es über alles und verbrachte so viel Zeit wie möglich mit ihm. Johanna genoss jeden Ausritt mit Flocke. Wenn sie mit ihm die gewohnte Strecke am Maisfeld entlang und dann durch den Wald ritt und ihre Haare dabei im Wind flogen, fühlte sie sich so unglaublich frei und freute sich schon auf den nächsten Ausritt. Dass sich ihre Mutter jedes Mal, nachdem sie vom Reiten zurückkam, ein wenig über die vielen Pferdehaare aufregte, die danach überall herumlagen und hingen, ließ sie immer einfach so über sich ergehen. Denn wenn Johanna mit ihrem süßen Flocke ausritt, war der Tag gerettet und sie konnte nichts mehr aus der Ruhe bringen.

Nichts außer Mathe. Deshalb sank ihre Laune immer tiefer, als Herr Gustavsonn sie an die Tafel bat.

„Johanna kann uns das bestimmt erklären", verklickerte er der Klasse zuckersüß. „Oder? Das ist doch ein Klacks für dich, nur eine kleine Knobelaufgabe aus dem Zusatzheft für Matheliebhaber: 18 mal 64.000.000 plus 213 hoch vier geteilt durch 14.000. Minus die Hälfte davon plus X gleich was?"

In der Pause ergatterten Jacky, Juliette, Nora, Johanna und Franzi die große Bank auf dem Schulhof fast direkt neben dem Eingang. So konnten die fünf nach dem Gong, der die Pause beendete, schnell zurück ins Schulgebäude und mussten sich nicht mit allen anderen Schülerinnen durch die enge Tür quetschen.

Inzwischen war die Bank zum Stammplatz der Freundinnen geworden.

„Ach, Herr Gustavsonn ist einfach doof!“, knurrte Johanna.

„Der sucht sich doch jede Stunde irgendjemanden aus, den er piesacken kann! Ärgere dich nicht! Er ist es nicht wert“, erklärte Nora ruhig.

Dann biss sie in ihr Käsebrot und ließ sich anschließend von dem himmlischen Geschmack ihrer göttlichen Salatgurke faszinieren. Nora liebte Gurken. Bei jeder Gelegenheit versuchte sie, Jacky und Juliette um ihren kleinen Finger zu wickeln, damit diese ihr ihre Gurken überließen. Da Noras Freundinnen sowieso erstens froh waren, dass sie kein Gemüse essen mussten, und sich zweitens über jeden Bissen freuten, den Nora aß, bekam die meistens, was sie wollte. So spindeldürr wie Nora war, musste man sich schon fast Sorgen um ihre Gesundheit machen. Aber Nora meinte immer, dass das Vererbung sei und nicht weiter schlimm wäre.

„Herr Gustavsonn hätte trotzdem mal Rache verdient! War doch klar, dass du diese Aufgabe nicht lösen konntest. Wir hatten so was ja auch noch gar nicht im Unterricht behandelt! Total unfair! Aber so kennen wir den Gusti eben ...“, fing Jacky wieder an.

„Ich hasse Herrn Gustavsonn!“, brummte Johanna. „Und Mathe auch!“

Juliette zuckte mit den Schultern. Dann kaute sie auf ihrem Salamibrot herum und fragte nuschelnd: „Habt ihr heute Nachmittag Zeit? Dann könnten wir uns treffen.“

„Nein, heute geht es bei mir nicht. Ich muss noch zum Schach. Und außerdem: Ihr wisst doch, dass meine Mutter das nicht so gerne hat, wenn ich mich unter der Woche mit euch treffe. Ich muss lernen …“, erklärte Nora etwas enttäuscht.

Jacky klopfte ihr auf die Schulter.

„Ach“, versuchte sie ihre Freundin aufzumuntern, „das wird schon irgendwie gehen! Vielleicht nicht heute, aber morgen sicherlich. Sonst schreiben wir deiner Mutter mal einen Brief, dass sie dir bitte erlauben soll mit uns zu kommen!“

Der Gong ertönte und die Mädchen liefen schnell in den Erdkunderaum.

Diebe unter uns?

Nach der Schule saßen Jacky, Juliette, Johanna und Franzi im Eiscafé Venezia. Hier gab es mit Abstand das beste Eis und die besten Crêpes. Nachdem der Kellner den Freundinnen ihre Eisbecher gebracht hatte, lehnten sie sich entspannt in ihren Stühlen zurück.

„Ist das herrlich", seufzte Franzi und ließ ihr Erdbeereis auf der Zunge schmelzen. „Nora verpasst echt was!"

Johanna hielt ihr Gesicht in die strahlende Sonne und genoss die Wärme. Dann zog sie die sportliche Sonnenbrille aus ihrem Schulrucksack und setzte sie auf. Sie überlegte ein Weilchen, während sie ihre karottenroten Haare um ihren Finger wickelte. Schließlich aber kommentierte sie: „Ja, aber sie kann ja nichts dafür. Ihre Eltern nehmen das sehr, sehr ernst mit der Schule, das wisst ihr doch."

„Irgendwie tut sie mir ja leid", bemitleidete Franzi Nora, was Jacky genau wie ihre Zwillingsschwester Juliette als überflüssig empfand. Nora konnte sich doch auch mal zu Hause durchsetzen. Ihre Eltern waren zwar streng, aber keine Unmenschen.

Es war nicht so, dass die beiden deutsch-amerikanischen Zwillingsschwestern Nora nicht leiden konnten. Nur nervte es die beiden manchmal, dass alle immer auf Nora Rücksicht nehmen mussten und diese dann auch noch bemitleidet wurde, nur weil sie sich nicht traute, vor ihren Eltern ihre eigene Meinung zu vertreten.

Juliette und Jacky hatten aber beschlossen, sich den Tag nicht verderben zu lassen und ließen dieses Thema für heute ruhen. Stattdessen schwiegen die Mädchen. Sie lauschten den Gesprächen der Passanten, die an ihnen vorbeigingen, und mussten ab und zu über das komische Geschwätz der „Stadtbummler" kichern.

„Habt ihr gehört, dass Seraphinas teure *Jack-Smoothie*-Jacke gestohlen wurde? Die von Chantal ist auch weg!", meinte Franzi.

„Nee, aber das ist schon verdächtig. Zwei Jacken von einer schweineteuren Marke sind weg. Aber jetzt fang bloß nicht schon wieder an mit diesem Detektiv-Kram!", wehrte Juliette ab.

„Hey Leute, irgendwann müssen wir doch mal groß rauskommen! Wir als **Die Peppermints**!" Langsam fing Franzi an, mit diesem Kram zu nerven. Ihr sehnlichster Wunsch war es, berühmt zu werden. Womit, wusste sie noch nicht genau. Nur hatte sich bisher noch keine Gelegenheit ergeben, die Karriere zu starten. Doch irgendwann würde sich Franzis Herzenswunsch erfüllen. Daran glaubte sie ganz fest.

Juliette verdrehte die Augen und kratzte klirrend das letzte Bisschen Eis aus ihrem Becher.

„Johanna, was sagst du zu der Sache mit den gestohlenen Jacken?", fragte Franzi in der Hoffnung, sie könne ihre beste Freundin auf ihre Seite ziehen.

„Also, na ja ...", druckste Johanna herum, „jetzt mal doch nicht gleich den Teufel an die Wand. Die Jacken könnte auch jemand einfach aus Versehen mitgenommen haben, weil er sie verwechselt hat oder so. Was weiß ich!"

Die Zwillinge stimmten ihr kopfnickend zu. So was! Waren die jetzt alle gegen Franzi, oder was? Franzi war entrüstet. Empört fasste sie zusammen: „Ihr wollt mir also ernsthaft erzählen, dass jemand aus Versehen eine *Jack-Smoothie*-Jacke eingesteckt hat! Wie leichtgläubig seid ihr denn? Die Jacken wurden geklaut! Zu hundert Prozent! Und wir könnten mit diesem Fall unsere Detektivkarriere starten! Kommt schon! Wie cool wär' das denn? Bitte, ich ..."

„Jetzt mach aber mal 'nen Punkt!", rief Jacky. Dann grinste sie. „Okay." Jacky machte eine Pause und atmete tief ein. „Ich bin dabei!"

Spannende Ermittlungen

Am nächsten Tag in der Pause standen **Die Peppermints** an ihrem Stammplatz. Inzwischen hatten sich auch die anderen drei von der Idee des Falllösens überzeugen lassen, so wie echte Detektivinnen. Jetzt überlegten die Freundinnen, wie sie den Jacken-Dieb überführen könnten.

„Vielleicht stellen wir einfach Kameras auf", schlug Johanna vor, „neulich hat meine Oma so ein Werbefax bekommen. Da stand was von Spionagekameras zum Superpreis drin. Ziemlich klein sind die. Und unauffällig! Es war ein Foto dabei. Die Dinger sind etwa so groß." Johanna zeigte mit Zeigefinger und Daumen die ungefähre Größe einer Fünf-Cent-Münze.

„Hat deine Oma dieses Werbefax zufällig noch?", fragte Nora Johanna. Diese kratzte sich nachdenklich am Kopf.

„Nein", fiel ihr schließlich ein, „ich glaube, das hat sie weggeschmissen!"

Die anderen stöhnten.

„Nächste Möglichkeit", spornte Juliette ihre Freundinnen an.

Da kamen Seraphina, eine der Zicken, und Chantal, ihre Freundin, vorbei.

„Das ist die Gelegenheit", zischte Juliette, „los! Befrag sie, Franzi!"

„Wieso denn ich?“, zischte Franzi zurück.

„Wessen Idee war das denn?“, erinnerte Jacky sie spitz. Widerwillig erhob sich Franzi und steuerte ihre beiden Mitschülerinnen an.

„Hallo! Also ... euch wurden doch diese edlen Jacken ‚geklaut‘. Von *Jack Smoothie*, dieser Designermarke“, fing sie an.

„Richtig“, bestätigte Seraphina Franzis Zusammenfassung, „weißt du, wo sie sind, oder was soll diese alberne Befragung? Die Jacken waren teuer. Markenklamotten selbstverständlich. Es ist zum Heulen, das meine Jacke jetzt weg ist. Dieser Dieb müsste bestraft werden! Jawohl! Mein Designerstück fehlt mir! Ich bin auf Sonderangebote nicht angewiesen und ...“ Seraphina musterte bei ihrem letzten Satz Franzis Schuhe. Prompt wurde Franzi rot wie eine Tomate. Sie hatte diese Schuhe tatsächlich zu einem recht günstigen Preis bekommen. Sie waren heruntergesetzt gewesen. Aber das war wirklich nicht der Grund, weshalb sie hier war.

„Warum seid ihr euch so sicher, dass eure Jacken gestohlen wurden? Sie sind doch bloß ... abhanden gekommen“, fuhr Franzi deshalb fort.

Sofort kreischte Chantal empört: „Solche Teile kommen nicht bloß abhanden! Die wurden gestohlen! Da bin ich mir hundertprozentig sicher!“

Wie Franzi schon vermutet hatte ...

„Und: Wann genau sind die verschwunden?“, fragte Franzi weiter.

„Das war genau vor zwei Tagen. Und letzte Woche Freitag ist Chantals Jacke gestohlen worden. Wir kamen gerade von der Theater-AG, da bemerkten wir den gemeinen Diebstahl!", antwortete Seraphina. Franzi machte sich zwischendurch ein paar Notizen auf einem kleinen Block, den sie immer bei sich trug.

„Okay, heute ist Mittwoch", dachte sie dabei laut. „Habt ihr einen Verdacht, wer eure Jacke gestohlen haben könnte oder die Absicht dazu gehabt hätte, eure teuren *Jack-Smoothie*-Jacken zu stehlen?", war Franzis nächste Frage.

Seraphina musste nicht lange überlegen.

„Jemand aus armem Hause. Aber bevor ich meinen guten Ruf an dieser Schule hier verliere, verdächtige ich lieber niemanden!", fiel ihr sofort ein.

Kein schlechtes Argument.

„Ich glaube kaum, dass sich Seraphina ihren guten Ruf hier zerstören kann. Sie hat hier nämlich gar keinen wirklich guten, zumindest nicht bei herkömmlichen Schülern!", schoss es Franzi durch den Kopf und plötzlich musste sie leise kichern. Das verstand Chantal natürlich wieder sofort falsch.

„Du machst dich darüber lustig, dass unsere teuren Jacken gestohlen wurden?", zischte sie zickig. „Dann hast du sicher auch die Jacken gestohlen! Wart's ab! Mein Vater kennt einen guten Anwalt!"

Empört hakte sie sich bei Seraphina unter und rauschte davon. Jetzt konnte Franzi es nicht mehr länger aushalten. Sie krümmte sich vor Lachen. Klar, sie war das gewesen, sie hatte also die Jacken gestohlen! Das war ja mal was ganz Neues! Aber sollten Seraphina und Chantal doch ruhig Blödsinn reden. Bald würden sie den **Peppermints** noch dankbar sein! Das schwor sie ihr.

Nun ging Franzi zu ihren kichernden Freundinnen zurück. „Was ist denn so lustig? Ich will auch mitlachen!“, fragte sie.

„Wir …“, prustete Nora los, „haben alles mitbekommen!“ Albern lachten Jacky, Juliette, Nora und Johanna um die Wette.

„Na, ja, dann muss ich ja nichts mehr erzählen. Ich hab‘ mir übrigens Notizen gemacht, zu den Dingen, die Seraphina und Chantal gesagt haben“, sprach Franzi weiter, ohne die anderen zu beachten. Langsam wurden die Mädchen wieder ernst und konzentrierten sich auf ihren ersten Fall.

„Mir ist da eine Idee gekommen, wie wir den Jacken-Dieb überführen könnten!“, berichtete Johanna auf einmal. Gespannt hörten ihre Freundinnen zu.

„Nora, du hast doch auch so eine *Jack-Smoothie*-Jacke, nicht wahr?“, begann Johanna zu erzählen. „Wir nehmen diese Jacke und hängen sie kurz vor der Pause an die Garderobe. Ganz normal. Wir verstecken uns während der Pause hinter einer dieser Stein-Säulen auf der gleichen Etage, sodass wir einen guten Blick auf die Garderobe haben. Sicherlich wird der Dieb gesehen haben, dass die teure Jacke an der Garderobe hängt und schnappt zu. Und wir erwischen ihn auf frischer Tat!“

Erwartungsvoll starrte sie ihre schweigenden Freundinnen an. Juliette räusperte sich. Danach kommentierte sie: „Findest du das nicht ein bisschen zu einfach?

Wer weiß, ob der ‚Dieb' überhaupt an dieser Schule ist? Schließlich kommen für manche Leistungskurse in der Oberstufe auch Schüler von anderen Schulen hierher!"

„Und außerdem dürfen wir während der Pause nicht im Schulgebäude herumlaufen. Zumindest solange wir nicht in der Oberstufe sind!", wandte Nora ein.

„Jetzt sei keine Spielverderberin!", meckerte Jacky. Eine Weile überlegten **Die Peppermints**. Vielleicht war die Idee mit dem Beobachten wirklich viel zu einfach. Sie konnten bestimmt mehrere Stunden hinter den Stein-Säulen der Schule hocken und es passierte nichts. Eigentlich langweilig, musste auch Johanna zugeben.

„Juliette, wir haben doch so eine Infrarot-Falle! Die könnten wir in die Jackentasche stecken. Dann könnten wir zwischendurch wenigstens auch mal aufs Klo gehen oder die Falle auch während des Unterrichts anschalten und würden trotzdem mitbekommen, wenn sich jemand der Jacke nähert!", fiel Jacky ein.

Da meldete sich Nora zu Wort: „Wer sagt denn, dass ich meine Jacke überhaupt für euch opfere! Sie war mein einziges Geburtstagsgeschenk!"

Franzi sah ihre Freundin verärgert an.

„Das gibt's doch nicht! Wir versuchen hier die ganze Zeit, einen Plan zu schmieden, du bringst keine Ideen bei und dann opferst du nicht einmal deine bescheuerte Jacke!", empörte sich Franzi.

„Das ist keine bescheuerte Jacke!", fauchte Nora gereizt.

„Leute, regt euch ab!“, versuchte Juliette den beginnenden Streit zu schlichten. „Franzi, jetzt lass mal Nora in Ruhe und Nora: Du wirst ja wohl deine Jacke dahinhängen können! Das ist echt nicht zu viel verlangt! Wir sind doch die ganze Zeit dabei und passen extra darauf auf!“

Beleidigt schauten Nora und Franzi drein, nach ein paar Minuten aber war die Diskussion schon wieder vergessen.

„Okay, Mädels! Wir gehen dann morgen rein. Während der Pause. Du, Jacky, bringst deine Infrarot-Falle mit. Alles klar?“, kommandierte Johanna.

Die Mädchen nickten zustimmend und machten sich auf den Weg ins Schulgebäude.

Heiße Spuren

Einen Tag später legten sich die Freundinnen während der Pause auf die Lauer. Alles war vorbereitet – wie abgesprochen.

„Wir sitzen jetzt schon seit einer Viertelstunde hier im Flur!", jammerte Nora leise. „Ich krieg gleich eine Blasenentzündung!"

„Stell dich nicht so an!", kam es von der anderen Ecke des Flurs von Franzi zurück. Nach kurzem Murren war Nora still. Es war so leise, dass man eine Stecknadel hätte fallen hören können. Ungewöhnlich eigentlich. Da hörten die Mädchen plötzlich ein schrilles Fiepen.

„Feueralarm, schnell hier raus!", schoss es Johanna durch den Kopf. Aber dann fiel ihr ein, dass manche Verbrecher so einen Feueralarm nur als Ablenkungsmanöver verursachten, um Dinge zu stehlen, wenn alle draußen waren. Der Verbrecher konnte also gar nicht weit sein. Jacky richtete ihren Blick auf die Garderobe.

„Mist!", fluchte sie flüsternd, „Frau Zett ist gerade an der Garderobe vorbeigegangen. Der Alarm der Falle ist angegangen!"

Franzi atmete tief aus, um sich abzuregen. Das machte sie immer in den Momenten, in denen sie versuchte, Ruhe zu bewahren. Johanna hingegen war ihre Enttäuschung anzusehen. Doch keine Verbrecherjagd ...

Frau Zett war total verwirrt und schaute sich mittlerweile panisch um. Sie sah ertappt aus.

„Entschuldigung!", rief Johanna der Lehrerin vom Flur zu. Sie lief zu Frau Zett und erklärte: „Das tut mir sehr leid, Frau Zett! Meine kleine Schwester hat mir wieder ihre Infrarot-Falle in die Jackentasche gesteckt. Sie müssen wissen, sie spielt sehr gerne Detektiv. Und leider hat sie schon wieder vergessen, den Alarm auszuschalten. Sehen Sie?"

Johanna hielt ihrer Deutschlehrerin die Infrarotfalle vor die Nase, nachdem sie sie aus der Tasche von Noras Jacke gekramt hatte. Nun hatte Johanna Frau Zett völlig aus der Fassung gebracht.

„Ja, ähm, ist ja auch nichts passiert, mein Kind ... Meine Tochter spielt auch so gerne mit diesem Zeug von den drei Ausrufezeichen. Scheint ja ganz toll zu sein ... Also, schönen Tag noch!", stotterte sie sich zusammen und verließ durch das Nebentreppenhaus schnell den Flur. Als die dunkelgrüne Tür zum Treppenhaus zufiel, lief Johanna zurück zu ihren Freundinnen, die Infrarot-Falle in der Hand. Franzi klopfte Johanna auf die Schulter.

„Gut gemacht! Das war ganz schön knapp. Die Zett hat übrigens in all der Aufregung vergessen, dir zu sagen, dass es verboten ist, während der Pause drinnen zu bleiben", sagte sie dabei anerkennend. Die anderen stimmten ihr zu.

„Leute", begann Juliette, „wann wurden die Jacken von dem Zicken-Duo noch einmal ‚geklaut'?" Franzi kramte ihren Notizblock umständlich aus ihrer Hosentasche.

„Seraphinas Jacke am Montag und Chantals Jacke am Freitag letzter Woche“, verriet ihr der Notizblock.

Da schien es Jacky auch kapiert zu haben. Sie schlug sich mit der flachen Hand an die Stirn und riss ihre Augen auf. Dann klärte sie auf: „Am Freitag war die Oberstufenfete! Und am Montag war doch diese Ausstellung ‚Mörderische Kunst‘ oder so, für die genau das Gleiche galt. Am schwarzen Brett stand doch extra, dass man die Garderoben leer räumen sollte, damit auch nichts wegkommt, weil das doch öffentliche Veranstaltungen waren!“

„Und Seraphina und Chantal hatten anscheinend Besseres zu tun, haben nicht aufs schwarze Brett geguckt oder haben es vergessen“, fasste Johanna zusammen.

„Die *Jack-Smoothie*-Jacken müssten jetzt also schön bewacht bei unserem guten Hausmeister liegen! Worauf warten wir? Gerade hat es erst zum ersten Mal gegongt. Wir können noch schnell beim Hausmeister vorbeischauen!“, waren Franzis letzte Sätze, bevor die Mädchen gegen den Schülerstrom die Treppen hinunterliefen.

Natürlich war der Hausmeister mal wieder nicht in seinem Büro und seine Tür war abgesperrt.

„Na, toll!“, stöhnte Nora, „er hat sich mal wieder verschanzt, dieser tolle Hausmeister, der nie im Haus ist, wenn man ihn braucht!“

Doch Franzi fand das im Moment völlig unwichtig. Sie streckte ihre rechte Hand aus und grinste ihre Freundinnen an. Die legten ihre Hände darüber. Gleichzeitig mit dem zweiten Gong warfen die Mädchen ihre

Hände in die Luft und riefen dabei fast unüberhörbar: „**Die Peppermints**!“ „Auf unseren ersten gelösten Fall und die coolste Bande der Welt!“, fügte Juliette noch hinzu. Leider mussten sie sich dann beeilen, in den Bioraum zu kommen. Doch ungefeiert blieb dieses Ereignis nicht!

Prost!

Schon am Nachmittag hatten die Freundinnen die *Jack-Smoothie*-Jacken beim Hausmeister abgeholt und sie der sprachlosen Seraphina und der verblüfften Chantal überreicht. Nun saßen die fünf im Venezia und löffelten ihr Eis aus den Eisbechern, die sie soeben serviert bekommen hatten. Sie stießen freudig auf ihren ersten gelösten Fall an.

„Auf uns!", rief Nora lauthals und erntete ein paar böse Blicke von Leuten, die ihr Eis genießen und sich in Ruhe unterhalten wollten. Dass Nora sich heute gar nicht so zurückhielt wie sonst immer, fiel den Zwillingsschwestern fast gleichzeitig auf. Sie sagten aber nichts. Auch Johanna und Franzi fiel Noras lockere Art auf.

„Sag mal, ist irgendetwas Besonderes passiert, wovon wir wissen sollten?", fragte Johanna Nora neugierig.

Nora überlegte ein Weilchen. Dann verriet sie strahlend: „Heute habe ich meine erste Hip Hop-Stunde. Meine Eltern haben es mir endlich erlaubt! Mann, Leute, das ist schon lange Zeit mein Traum! Endlich mal was zu machen, das mir Spaß macht! Keine doofe, langweilige Klavierstunde. Damit hör ich nämlich jetzt auch auf. Endlich mal was anderes machen! Versteht ihr?"

Sofort freuten sich alle für Nora.

„Na, das ist ja toll! Freut uns total für dich!", sprach Franzi für alle anderen gleich mit.

„Ist ja cool! Hip Hop! Das wolltest du aber echt schon lange!", sagte Jacky bewundernd. Sie hätte nie gedacht, dass Nora sich einmal trauen würde, sich bei ihren Eltern durchzusetzen. So weit sie sich erinnern konnte, wünschte sich Nora schon seit dem ersten Schuljahr, einen Hip Hop-Kurs zu besuchen. Aber ihre Eltern wollten das nicht. Jacky hatte bis heute noch nicht kapiert warum. Noras Mutter hatte ihre Tochter stattdessen gegen ihren Willen in einen Ballettkurs gesteckt. Aber daraus wurde auch nichts, weil sich Nora beim Skifahren ihr linkes Knie verletzt hatte und schon kurz nach den Ferien nicht mehr in den Ballettkurs gehen konnte. Das Thema wurde dann auch nicht mehr angesprochen. Und die ganze Zeit hatte Nora sich nicht getraut, ihren Eltern zu sagen, dass sie nicht in dieses Ballett will. Jacky schüttelte bei dem Gedanken daran den Kopf. Aber jetzt schien ja alles gut zu sein.

„Die Kellner hier wundern sich immer noch, dass wir auch im Frühling und an heißen Tagen gerne Pfefferminztee trinken! So langsam müssten die uns doch mal kennen. Wir sind ja nicht nur einmal im Jahr hier!", fing Franzi mit einem ganz anderen Thema an.

Nora übernahm das Reden: „Stimmt. Aber das gehört ja auch zu einer unserer zehn goldenen Bandenregeln: Der Pfefferminztee ist uns heilig. Er darf bei keinem unserer Treffen fehlen!"

„Gut gelernt, du kleiner Streber!", grinste Franzi.

„Hey! Ich bin kein Streber!", widersprach Nora beleidigt.

„Nein, nur nicht, gell?", sagte Franzi und musste kichern.

„Leute! Nur die Ruhe bewahren!“, beschwichtigte Juliette.

„Friedensstifterin!“, dachte Franzi genervt, trotzdem blieben sie und Nora still.

„Dass ihr euch aber auch immer in die Haare kriegt …“, seufzte Juliette.

„Ach, die meinen das doch nicht böse, Schwesterherz, du Gute“, lachte Jacky, „es gibt da so einen Spruch: Was sich liebt …“

„… das neckt sich!“, fiel ihr Ursula ins Wort, die plötzlich vor den Mädchen stand.

Sie grinste die fünf blöd an, wie Franzi fand. Jacky freute sich im Gegensatz zu ihr, Ursula, ihre Mitschülerin, zusehen.

„Hi! Was machst du denn hier?“, fragte Jacky freudig.

Ursula antwortete: „Ich musste mir noch neue Schulhefte kaufen und das Knobelheft für Matheliebhaber, das Herr Gustavsonn empfohlen hat.“ Dabei zeigte sie auf die Öko-Leinen-Tasche in ihrer Hand mit dem Logo eines kleinen Schreibwarengeschäfts ganz in der Nähe des Venezia.

„Kann ich mich zu euch setzen?“, fragte die Streberin und Schleimerin Ursula.

„Klar, setz‘ dich!“ und „Wir wollten eigentlich gerade gehen!“, riefen Juliette und Franzi gleichzeitig. Fragend schaute Ursula die Freundinnen an. Franzi schaute düster.

Johanna versicherte Ursula währenddessen: „Ähm … wir sind bald noch einmal hier, dann kannst du mitkommen. Wir geben dir Bescheid! Auf alle Fälle! Aber jetzt müssen wir bezahlen und dann nach Hause.“

Nora und Franzi dachten genau das Gleiche: „Hau ab, Ursula! Siehst du denn nicht, dass wir in einer wichtigen Besprechung sind? Wir wollen unter uns sein!"

Und auch: „Hoffentlich hat Johanna das gerade nicht ernst gemeint, sonst werden wir die nie wieder los!"

Jacky winkte einem der Kellner zu. Der kam sofort herbeigeeilt.

„Wir möchten bitte zahlen", erklärte Jacky ihm freundlich. Er verschwand sehr schnell und keine Minute später kam er mit der Rechnung wieder zum Tisch zurück.

„Das geht auf mich!", lächelte Ursula, als Franzi gerade zahlen wollte und zog einen Zwanzig-Euro-Schein aus ihrem Portemonnaie.

Jetzt reichte es Franzi. Auch Nora und Johanna guckten fassungslos. Diese Schleimerin! Das gibt's doch gar nicht! Als der Kellner mit seinem Geld wieder weg war, schnaubte Franzi sauer: „Das war jetzt echt überflüssig!"

Sie war immer noch die Mutigste von allen, aber konnte auch ziemlich temperamentvoll sein.

„Och ... Ich wollte euch einfach mal einladen ...", kam es von Ursula. Franzis wütenden Unterton schien sie entweder absichtlich überhört zu haben oder sie war taub. Jedenfalls beachtete sie ihn nicht. Das machte Franzi noch rasender. Sie stand auf, hing sich ihre Tasche um und sagte nur knapp: „Ich muss nach Hause. Bis morgen."

Dann ging sie zügig durch die Fußgängerzone hindurch zu ihrer Bushaltestelle.

Ursula schien das nicht zu stören. Sie setzte sich einfach auf den nun freigewordenen Platz, auf dem

Franzi vor 45 Sekunden noch gesessen hatte. Nora und Johanna schüttelten die Köpfe. Fassungslos machten sich die beiden auch auf den Weg nach Hause mit der Ausrede, sie müssten noch Hausaufgaben machen. Jede ging ihren Weg. Nora zur Bushaltestelle und Johanna zu ihrem Fahrrad, welches noch immer auf dem nicht weit entfernten Schulhof stand.

Jacky und Juliette saßen nun allein mit Ursula im Café unter einem Sonnenschirm am Tisch. Schweigend starrten sie in die Richtungen, in denen soeben ihre Freundinnen verschwunden waren.

Ursula lachte: „Huch! Die hatten es aber eilig! Und was machen wir jetzt noch Schönes?“

„Ich fürchte nichts, denn Jacky und ich müssen leider auch schon gehen!“, beichtete Juliette Ursula daraufhin.

„Schade“, bedauerte diese nur, „aber ich kann euch ja noch ...“

„Wir müssen jetzt wirklich los! Komm, Juli, sonst verpassen wir noch den Bus! Tschüss, bis morgen in der Schule!“, rief Jacky noch, während sie mit ihrer Schwester in der Menschenmenge verschwand.

Am Abend telefonierten Johanna und Franzi.

„Die ist so was von unverschämt! Diese blöde, blöde Kuh!“, schimpfte Franzi.

„Ja, und so eine Streberin: ‚Ich habe mir noch das Knobelheft für Matheliebhaber gekauft! Hi, hi!‘“, äffte Johanna Ursula nach.

„Und dann“, kam es wieder vom anderen Ende, „ist die auch noch so eine Schleimerin: ‚Ich lade euch ein! Geht auf meine Kosten! Hi, hi!‘ Oa ... So was kotzt mich an! Echt! Wenn ich das schon höre ...“

„Kann ich gut verstehen, dass du direkt abgehauen bist. Nora und ich sind auch kurz darauf gegangen. Das war mir auch zu doof. Aber Jacky und Juliette scheinen die toll zu finden.“

„Ja, die waren auch schon zwei bis drei Mal bei der zu Hause. Wahrscheinlich haben die da Denkspiele gespielt und andere Dinge getan, die Streber gerne tun.“

„Echt? Wusst‘ ich gar nicht. Ist ja der Hammer ...“

„Tut mir total leid, aber wir essen jetzt. Ich muss Schluss machen. Tschüssi! Bis morgen!“

„No problemo! Ciao!“

Nach dem Telefonat legte Franzi das Telefon auf ihren Schreibtisch. Sie hatte überhaupt keinen Hunger! Ihre Mitschülerin hatte ihr den Appetit gründlich verdorben! Franzi ließ sich auf ihr Bett fallen. Warum wollte diese Ursula ausgerechnet mit ihnen befreundet sein und nicht mit jemand anderem? Das war alles so ungerecht! Sie verschränkte die Arme vor der Brust und verspürte einen Stich. War sie etwa eifersüchtig auf Ursula? Nach dieser Show, die sie heute abgezogen hatte, war das doch wohl einsichtig, oder? Schließlich wollte Franzi gerade noch einmal ihre Großzügigkeit herauslassen, damit sich die anderen wieder daran erinnerten, was für eine gute Freundin sie war. Und genau an dieser Stelle platzte dann diese Ursula dazwischen und zerstörte alles. Sie hatte Franzi schon die Laune vermiest, als sie ihren ersten Satz gesprochen und bescheuert gegrinst hatte. Ach, diese dumme Ursula! Die sollte sich gefälligst eigene Freundinnen suchen und Franzis Freundinnen in Ruhe lassen. Und beim nächsten Mal würde Franzi nicht so nett bleiben wie heute! Darauf konnte Ursula wetten!

Eifersucht

Als Franzi am nächsten Morgen den Klassenraum betrat, sah sie, wie Ursula und Jacky gerade ihre Handynummern austauschten. Sie hätte schon wieder ausrasten können. Doch da entdeckte sie Johanna und musste lächeln. Johanna war ihre allerbeste Freundin. Aber eigentlich mochte sie alle sehr, sehr gerne. Klar, sonst wäre sie auch niemals auf die Idee gekommen, mit gerade diesen Mädchen eine Bande zu gründen. Im Moment lief es zwar nicht so gut, aber jede Freundschaft hatte mal eine kleine Krise. Da waren **Die Peppermints** keine Ausnahme.

Franzi ging auf Johanna zu, die noch schnell ihre Mathehausaufgaben erledigte. Mit einem „Kannst bei mir abschreiben“, begrüßte sie Johanna. Die zuckte erschrocken zusammen.

„Du hast mich aber erschreckt!“, stöhnte sie.

„‘tschuldigung!“, erwiderte Franzi und legte nach kurzem Suchen ihr Matheheft aufgeschlagen auf den Tisch, sodass Johanna abschreiben konnte.

„Ist das auch alles richtig?“ Johanna war etwas verunsichert.

„Hundertprozentig! Ich hab‘s mit dem Taschenrechner gemacht!“, versicherte Franzi ihr. Johanna musste lächeln. So kannte sie Franzi: Liebenswert-frech und temperamentvoll. Sie mochte sie sehr gern.

Während des Abschreibens nickte sie in Jackys und Juliettes Richtung.

„Schon gesehen? Die verstehen sich super mit Ursula!“, bemerkte Johanna spöttisch.

Franzi nickte. Jetzt wurde sie wieder traurig. Letzte Nacht hatte sie einen Albtraum. Sie hatte geträumt, dass Jacky und Juliette Ursula in die Bande aufnehmen wollten. Sie selbst hatte das als einzige nicht gewollt und das hätte die Bande kaputt gemacht. Denn alle anderen wären ausgestiegen aus der Bande und hätten mit Ursula einen Club gegründet. Franzi hatte in ihrem Traum ihre besten Freundinnen verloren. Furchtbar! Sie wollte sich gar nicht vorstellen, was wäre, wenn alles wirklich so kommen würde. Erst einmal würde sie sich bei ihrer Mutter ausheulen. Und sie würde wütend sein auf sich selbst. Wahrscheinlich würde sie Ursula in die Bande aufnehmen, weil das besser wäre, als gleich vier Freundinnen zu verlieren. Das würde schrecklich werden mit der in einer Bande. Bei den Treffen würde man zusammen Hausaufgaben machen, statt Eis zu essen, Kissenschlachten zu veranstalten, sich Geheimnisse zu erzählen und zur Sommerrodelbahn zu gehen. Von morgens bis abends würde Ursula ihnen erzählen, wie witzig es war, als sie heute Morgen gefrühstückt hatte, weil sie versehentlich ihr T-Shirt falsch herum angezogen hatte. Hi, hi! Franzi durfte gar nicht daran denken …

Kurz vor Unterrichtsbeginn kamen Nora und die Zwillinge nur ganz kurz zu Johanna und Franzi, um sie zu begrüßen. Ja, genauso hatte Franzi es sich vorgestellt, vergessen zu werden! Als wäre sie scheintot! Super!

In der zweiten Stunde hatte die 6b Textiles Gestalten. Alle redeten über die bevorstehende Klassenfahrt im Juni, die Frau Meißner, die Klassenlehrerin, eben angekündigt hatte. Die beliebtesten Themen dazu, wie Franzi herausfand, waren die Unternehmungen, der Spaß und die Zimmerverteilung!

Mit einem kurzen Blick hatten sich **Die Peppermints** in der ersten Schulstunde darauf geeinigt, in einem Zimmer zu übernachten. In einem Fünferzimmer. Es gab zwar kein Fünferzimmer, aber Frau Meißner hatte den Mädchen vorhin versprochen, dass sie im Gemeinschaftsraum zu fünft übernachten konnten, da es sowieso ein paar Betten zu wenig gab.

Franzi arbeitete gerade mit Nora an einer Nähmaschine, als Ursula festlegte: „Wir sechs könnten doch zusammen in ein Zimmer gehen! Das wäre echt toll, oder? Jacky, Juliette, Nora, Johanna, Franzi und ich. Ramona und Doreen macht das sicherlich nichts aus, wenn ich bei euch schlafe und nicht bei denen. Toll! Dann wäre das ja geklärt. Soll ich uns, wenn Frau Meißner die Liste für die Zimmerverteilung aufhängt, direkt für ein Sechserzimmer eintragen? Ich bin immer recht früh da. Das ist ganz praktisch.“

Die Mädchen blickten von ihren Nähmaschinen auf, dann schauten sie sich gegenseitig an und dann Ursula.

„Hör mal zu, Ursula.“ Franzi versuchte, möglichst ruhig zu bleiben und atmete tief ein und dann wieder aus.

„Es ist so: Jacky, Juliette, Nora, Johanna und ich sind Freundinnen. Und wir haben festgelegt, dass wir uns zu fünft ein Zimmer teilen. Und zwar den Gemeinschaftsraum. Du kannst also nicht mit uns in ein Zimmer kommen!“

Ursula versuchte sich herauszureden: „Also, ich meinte ja nicht, das ich uns eintrage. Also zusammen. Sondern nur euch äh … also ja. Ich wollte nur euch eintragen. Wie gesagt, ich bin immer früh da und ja …“

„Und feige ist die auch noch!“, dachte Franzi.

Für die nächste Stunde stand Sport auf dem Stundenplan. Wie sonst auch stellten sie sich zusammen an eine Matte, auf der man Handstand üben sollte und gaben sich gegenseitig Hilfestellung. Franzi half Johanna und Johanna Franzi. Franzi gab Juliette Hilfestellung und Johanna Jacky und Nora. So war es schon immer gewesen, seitdem die Sportlehrerin dieses Thema angefangen hatte. Und immer hatte die Bande dabei etwas zum Quatschen gehabt. Nur heute war alles anders. Heute schwiegen sich die Freundinnen an und aus welchem Grund auch immer gab Ursula Jacky, Juliette und Nora Hilfestellung. Da bemerkte Franzi wieder diesen Stich in der Brust, als sie hinsah. Diesen Funken Eifersucht. Er war da und sie konnte nichts dagegen tun. Schließlich konnte sie den anderen nicht verbieten, etwas mit Ursula zu machen. Außerdem hatte Franzi mal in einem Buch für Mädchen gelesen, dass man seine besten Freundinnen nicht festhalten sollte. Dass man seine Freundinnen gehen lassen sollte, wenn sie eine neue beste Freundin hatten. So war es doch. Ganz genau so, oder? Ihre besten Freundinnen hatten jetzt eine neue. Unvorstellbar! Den Tränen nahe rannte Franzi zur Toilette und sperrte sich in eine Kabine ein. Eines stand fest: Ursula hatte ihr Leben zerstört. Und zwar für immer und ewig!

Kaum eine Minute später klopfte es an der Kabinentür. „Franzi? Bist du da drin?“, fragte eine Stimme, die klang wie Johannas. „Ist alles in Ordnung? Wir sind hier. Also wir **Peppermints**. Ursula ist in der Sporthalle, genau wie alle anderen aus der Klasse.“

Schnell wischte Franzi sich die Tränen weg, die ihre Wangen hinunterkullerten.

„Ja, alles klar!“, krächzte sie dann, sperrte die Tür auf und schaute in die vier Gesichter ihrer Freundinnen, von denen sie dachte, dass sie sie verloren hätte.

„Hast du geweint?“, fragte Juliette besorgt.

„Ach, Blödsinn“, winkte Franzi ab. Juliette schaute erleichtert. Dann gongte es und die Pause begann.

Am Stammplatz fragte Franzi noch einmal: „Wer ist dafür, dass Ursula auf der Klassenfahrt mit in unser Zimmer kommt? Der hebt die Hand.“

„Uns ist es egal“, sprach Jacky für sich, ihre Schwester und Nora.

„Leute, es gibt kein ‚egal‘!“, stellte Franzi klar und wiederholte ihre Frage noch einmal. Niemand hob die Hand.

„Seid bitte ehrlich! Wenn ihr wollt, dass Ursula mit uns in ein Zimmer kommt – ich werde euch das nicht vermiesen. Aber Ursula wahrscheinlich. Und im Notfall gehe ich in ein anderes Zimmer. Ich habe nämlich ehrlich gesagt null Bock auf die“, sagte sie.

„Kommt nicht in Frage! Du bleibst bei uns!“, protestierte Johanna sofort.

„Also: Wer ist dafür, dass Ursula mit uns auf ein Zimmer kommt? Der hebe die Hand!“, wiederholte Juliette die Frage ein letztes Mal. Niemand meldete sich.

„Okay!“, grinste Franzi und klatschte in die Hände, „Dann wäre das ja geklärt!“ Zufrieden biss sie in ihr Brot. Die anderen schauten ihr vergnügt dabei zu.

Schöne Oster-Bescherung!

Die Zwillinge saßen mit ihren Großeltern und ihren Eltern am Frühstückstisch. Immerhin war es in Amerika erst 9.00 Uhr. Hier gab es mal wieder einen richtigen Festschmaus: *Pancakes* (kleine Pfannkuchen) mit Ahornsirup, *sunny side up* mit bacon, also Spiegeleier mit Schinken und Donuts. Lecker!

„*Grandma, the bacon and the eggs are very good! Mhm ...*“, nuschelte Juliette. Ihre Oma lächelte. Sie war die beste Köchin überhaupt. Zwar gab es bei Jackys und Juliettes Großeltern meistens ziemlich fettige Sachen zu essen, aber es ließ sich gut leben in Amerika. Vor allem fand es Jacky immer schön, die vor Freude glänzenden Augen ihres Vaters zu sehen. Er sah seine Eltern nicht so oft im Jahr und genoss es deshalb umso mehr, dort zu sein, hatte Juliette mal der Bande erzählt. Ja, die Bande ... Jacky und ihre Schwester vermissten sie irgendwie. Es gab an Ferien immer Vor- und Nachteile!

Zur gleichen Zeit lag Nora in ihrem Zimmer auf dem Bett. Sie stützte den Kopf auf ihre Hände und schaute sich in ihrem Zimmer um. Mensch, war das langweilig! Sie war das einzige Bandenmitglied, das die kompletten Ferien zu Hause verbringen musste. Nora nahm ein Buch in die Hand und knallte es nach der ersten

Seite, die sie gelesen hatte, wieder auf den Boden. Sie wälzte sich auf ihrem Bett herum und lag dort einige Zeit, obwohl es erst 15.00 Uhr war. Nora steckte sich die Stöpsel ihres iPods in die Ohren und hörte ein paar Minuten Musik. Langweilig! „Tolle Ferien!“, fiel ihr auf und sie drehte sich zur Wand herum und starrte Löcher hinein.

Johanna lag auf der Liege im Garten des Ferienhauses, welches ihre Eltern für zwei Wochen gemietet hatten und sonnte sich. Ach, wie herrlich! Diese Ruhe! Das schöne Mallorca! Plötzlich spürte sie einen kalten Wasserstrahl in ihrem Gesicht. Sie nahm verärgert ihre Sonnenbrille ab und sah in das freche Grinsen ihres zehnjährigen Bruders.

„Hi, hi! Jetzt bist du nass! Ätschi bätschi!“, kicherte Basti und lief mit seiner neuen Wasserpistole ins Haus, um sich ein paar weitere Opfer zu suchen. Wütend legte sich Johanna wieder hin. Kleine Brüder! Die müssten verboten werden!

Franzi stieg mit ihrer jüngeren Schwester, Lilo, und ihrem Vater aus dem Auto. Ihr Halbbruder fing an zu heulen. Die neue Frau ihres Vaters, Klarissa, gab Herrn Ludwig einen Abschiedskuss und wünschte den dreien viel Spaß im Urlaub. Das Auto fuhr davon und Franzi, Lilo und Herr Ludwig betraten mit ihren Koffern und Rucksäcken die Halle des Flughafens.

„Auf nach Rom!“, dachte Franzi voller Vorfreude. Sie stellten sich in der nicht ganz so langen Warteschlange an. Als sie drankamen, hievten sie ihre Koffer auf die Waage. Acht Kilo für ihren Vater und 13 Kilogramm für sie und ihre Schwester, bekam Franzi von dem Geschwätz der Dame hinter dem Tresen mit.

„So und jetzt bräuchte ich ihre Personal- beziehungsweise Kinderausweise", forderte die Dame. Herr Ludwig legte die drei Ausweise vor die Frau, die diese sofort begutachtete. Sie schien etwas zu stören.

„Dieser Ausweis von Franziska Ludwig ist abgelaufen. Bereits seit 14 Monaten", sagte die Brünette. Herr Ludwig stöhnte und sah seine beiden Töchter ein wenig traurig sowie enttäuscht und wütend an. Franzi erschrak. Na, toll! Die Frau fragte eine Kollegin etwas, die den Kopf schüttelte. Sie rief ihre Vorgesetzten an und fragte, was man da machen oder als Ersatz benutzen könnte.

„Tut mir leid", bemitleidete sie die Ludwigs, „da kann man nichts machen. Gehen sie mal da drüben zu meinem Kollegen. Vielleicht kann der ihnen weiterhelfen."

Sie zeigte auf einen kleinen Raum gegenüber. Sofort gingen Franzi, Lilo und ihr Vater dorthin. Kurz zusammengefasst erklärte Herr Ludwig dem jungen Mann am Schalter die Lage. Doch auch er versicherte ihnen, dass man da nichts machen könne. Er schickte sie jedoch zu einem Kollegen nebenan. Schnurstracks machten sich die drei auf den Weg dorthin. Doch auch diese Leute konnten ihnen nicht weiterhelfen. Franzi und ihr Vater mussten sich setzten.

„Können wir jetzt nicht nach Rom fliegen?", fragte Lilo traurig.

„Nein, wie es aussieht nicht. Franzis Reisepass ist nicht mehr gültig. Die lassen uns nicht ins Flugzeug!", erklärte Herr Ludwig seiner Tochter.

Während er mit allen möglichen Leuten telefonierte, um den Urlaub in Rom zu retten, machte sich Franzi Vorwürfe. Fast hätte sie schon wieder geheult. Aber sie konnte die Tränen noch gerade so zurückhalten. Sie atmete tief ein und aus. Doch alles half nichts. Die Schuldgefühle hatten sich in ihrem Gehirn bereits häuslich eingerichtet. Hätte sie doch nur vorher mal in den Ausweis geschaut! Vielleicht hätten sie noch einen neuen Ausweis beantragen können. Ach, immer diese blöden Ausweise! Warum konnten diese Mitarbeiter der Fluggesellschaft sie nicht einfach ins Flugzeug lassen? Sie war doch kein Terrorist! Und so sah sie auch wirklich nicht aus! Verdammt! Es war alles ihre Schuld!

Da trat ihr Vater mit dem Handy in der Hand vor sie und ihre Schwester.

„Die einzige Möglichkeit wäre, dass ich mit Lilo allein nach Rom fliege", berichtete er, „überlegt es euch!"

Während Franzi dachte: „Macht das nur, ich hab euch den Urlaub eh versaut!", sagte ihre Schwester laut: „Nein! Ich werde auf keinen Fall ohne Franzi fliegen!" Herr Ludwig sah von einer Tochter zur anderen und zuckte mit den Schultern. Lilo schüttelte energisch den Kopf. Da spürte Franzi auf einmal wieder, wie lieb sie ihre Schwester hatte und musste für einen kurzen Moment lächeln.

Shoppingtour – let´s go!

Nach den Ferien, direkt nach dem ersten Schultag, hatten sich die Mädchen zum Shoppen in der Stadt verabredet. Die Freundinnen verließen gerade den Gummibärchen-Laden und waren auf dem Weg zu dem Schnäppchen-Schmuck-Geschäft *Bijou Lorette*.

„Stellt euch das mal vor! Da war mein Ausweis schon seit über einem Jahr abgelaufen. Und dann ging um 6.00 Uhr am nächsten Morgen unser Flieger nach Gran Canaria! Klarissa hatte die letzten fünf Plätze in einem Flieger in allerletzter Minute buchen können. In dem Hotel war gerade die Luxussuite frei. Mein Vater raste dann mit uns zum Fotografen, um Passfotos für die vorläufigen Personalausweise machen zu lassen. Diese konnten im Bürgeramt sofort ausgestellt werden. Das war eine Hektik! Wir mussten um 2.30 Uhr aufstehen. Eine Stunde fürs Frühstücken und Fertigmachen, eine halbe Stunde, um die allerletzten Sachen zu packen, eine Stunde für die Fahrt zum Flughafen und eine Stunde für das Einchecken. Vier Stunden Flug kamen dann auch noch dazu!“, schüttelte Franzi bei ihren Freundinnen ihr Herz aus und fuchtelte mit ihren Händen dabei aufgeregt in der Luft herum.

Die anderen vier schüttelten über dieses unschöne Ferienerlebnis fassungslos den Kopf.

„Schöne Bescherung, aber ehrlich, Franzi!", seufzte Nora. „Aber diese Tussi von deinem Vater kann doch nicht einfach die ganze Schuld auf deine Mama schieben! Hallo?! Es haben alle vergessen, in die Ausweise zu schauen! Das tut mir so leid für dich und deine Schwester!"

Bei dem Gedanken an Klarissa kochte die Wut in Franzi auf. Diese blöde Nuss! Die konnte ihre Mutter einfach nicht leiden, deshalb hatte sie so einen Schrott erzählt! Franzi wettete, dass Klarissa ihrem Vater eingeredet hatte, dass er wütend sein sollte. Herr Ludwig hatte im Urlaub nämlich ständig um das viele Geld gejammert, dass er hätte auch aus dem Fenster schmeißen können. Aber von Klarissa ließ Franzi sich nicht die Laune verderben! Der Urlaub auf Gran Canaria war im Großen und Ganzen schön gewesen, auch wenn ihr Vater, seine Frau, Lilo und sie wegen Justus, Franzis und Lilos Halbbruder, nicht allzu viel unternehmen hatten können!

„Da hattet ihr echt Pech! Schade um die Reise und auch um das Geld deines Vaters!", murmelte Jacky mitfühlend.

„Geld verdient er doch sowieso genug", murrte Franzi leise. „Aber kommt, es ist vorbei und wir gehen jetzt schön shoppen!", munterte Franzi ihre Freundinnen auf und glaubte sich bei diesem fröhlichen Tonfall selbst nicht.

Trotzdem waren gleich alle wieder bei guter Laune und die fünf machten die Geschäfte unsicher!

Bei *Bijou Lorette* kauften sich die Zwillingsschwestern jeweils ein paar Ohrringe. Juliette hatte türkisfarbene schlichte Stecker gewählt, während ihre Schwester stylische XXL-Hängeohrringe mit braunen Federn kaufte. Die zog sie sofort an. Johanna fand, dass Jackys Feder-Ohrringe aussahen wie der Traumfänger, der von der Decke in ihrem Zimmer hing. Etwas albern für Schmuck.

„Aber, na, ja“, dachte Johanna, „jedem das Seine!“

In einer kleinen Boutique entdeckte Nora ein grünweiß geringeltes, luftiges T-Shirt, das ihr auf Anhieb gut gefiel. Sie kaufte es, worüber Franzi höchst zufrieden war. Denn nur Dank ihrer hervorragenden Überredungskunst war Nora überhaupt mitgekommen. Nora hatte sich vorher erst geweigert. Sie hatte erzählt, dass sie schon einmal mit ihrer Mutter shoppen gewesen war, sich nur gelangweilt hatte und deshalb nicht mitkommen wollte. Aber zum Glück war sie ja doch dabei! Sonst hätte das Shoppen bestimmt nur halb so viel Spaß gemacht!

Als die Mädchen die halbe Stadt durchquert hatten und ihnen die Füße vom Laufen und auch die Arme vom Tragen der Tüten wehtaten, setzten sie sich unter den Sonnenschirm ihres Lieblings-Eiscafés. Jede von ihnen war fündig geworden und stellte jetzt mindestens vier Tüten mit Dingen, die sie gekauft hatte, neben ihren Stuhl. Endlich konnten sie das ganze Zeug abstellen!

„Okay, Leute! Das macht echt Spaß, aber shoppen ist auch echt anstrengend!

Mir tun die Füße vom Laufen weh!“, stöhnte Nora.

Die Mädchen nickten zustimmend.

Nachdem Jacky, Juliette, Nora, Johanna und Franzi ihre Bestellung beim Kellner aufgegeben hatten und er ihnen nun das Eis serviert hatte, übernahm Juliette das Reden: „Franzi, es ist doch so: Du willst diese Klarissa, also die Frau deines Vaters loswerden. Nicht wahr?"

Franzi nickte.

„Wir haben uns überlegt, als du dein neues Sommerkleid anprobiert hast, dass wir dir dabei helfen!", fuhr Johanna fort.

Das klang ja toll! Endlich mal gute Nachrichten!

„Echt? Das würdet ihr tun? Ich hab nämlich schon so ziemlich alles ausprobiert und die Hoffnung fast aufgegeben!", seufzte Franzi entzückt von diesem Vorschlag. Ihre Freundinnen nickten grinsend.

„Und wir wissen auch schon wie!", grinste Johanna vielsagend.

Eine Pralinenschachtel voller Liebe

Eine Woche später wollten die Mädchen ihren raffinierten Plan umsetzten. Alles war perfekt vorbereitet. Es musste einfach klappen! Die fünf versteckten sich hinter der Hecke, die den Garten der Villa von Franzis Vater von dem Spazierweg daneben abtrennte. Johanna gab ein Zeichen und alle gingen auf ihre Positionen. Jacky, Juliette und Nora hielten Wache, damit sie niemand beobachten konnte. Johanna und Franzi schlichen die Steintreppe zum Eingang der Villa hinauf und legten eine herzförmige, schön verpackte Pralinenschachtel teuerster Ware, auf der in geschwungener Handschrift „für Reinhold" stand, vorsichtig direkt auf die letzte Treppenstufe. Sie legten noch schnell den dazugehörigen Briefumschlag darauf, drückten auf die Klingel und sprinteten so leise wie möglich zur Hecke zurück.

Dort standen die Freundinnen ein paar Sekunden. Dann wurde auch schon die Haustür geöffnet und Klarissa stand in der Tür. Sie schaute sich erst nach allen Seiten um, sah dann verärgert aus und schnaubte „Diese Kinder mit ihren Klingelstreichen!" und wollte die Tür gerade wieder schließen, da fiel ihr Blick auf die Treppenstufe, auf der die Pralinenschachtel mit dem Briefumschlag lag. Klarissa hob die Augenbrauen und griff dann nach dem Geschenk, das eigentlich für ihren Mann bestimmt war, wie sie der Adressierung entnehmen konnte.

Ihre Augen wurden nach wenigen Sekunden zu schmalen Schlitzen und einen Moment später beobachteten die Freundinnen, wie sie den Umschlag öffnete, ihn las und schließlich die Haustür zuknallte.

Jacky, Juliette, Nora, Johanna und Franzi klatschten sich ab.

„Huuh … Das hat gesessen!“, freute sich Franzi. Sie warf den anderen einen anerkennenden Blick zu. „Auf euch ist echt Verlass!“, schmunzelte sie.

„Und ob!“, grinste Juliette und die Freundinnen schlichen zu einem Fenster des Büros, in dem Franzis Vater arbeitete, direkt unter dem Wohnbereich der Villa. Fünf Nasen pressten sich an die Glasscheibe des Fensters und beobachteten die Szene: Klarissa stand im Türrahmen des Büros von Herrn Ludwig und wedelte mit dem bereits geöffneten Briefumschlag in der Luft herum. In der anderen Hand hielt sie die herzförmige Pralinenschachtel. Sie sah wütend aus und las den Brief vor, während ihre Stimme immer schriller wurde:

„Reinhold! Was ist das? Eine gewisse Erika hat dir geschrieben: ‚Liebster Reinhold! Ich denke immer an unsere schöne Zeit letzte Woche. Du bist so unglaublich perfekt und ich finde, wir sind ein Traumpaar! Du bist der Fels in meiner Brandung, Reinhold! Ich liebe dich! Treffen wir uns morgen um 17.00 Uhr am Marktplatz? Ich warte auf dich … Danach gehen wir noch zu mir, in Ordnung? Tausend Küsse, deine Lieblings-Erika‘. Das gibt‘s ja wohl nicht, oder mein Lieber? Das ist echt eine Frechheit von dir! Ich will jetzt wissen, wer diese …“

Ihr Mann unterbrach sie fassungslos: „Du liest meine Post, Klarissa? Das ist meine Privatsphäre! Also, das ist ja wohl eine Frechheit! Und im Übrigen: Ich kenne keine Erika!“

„Ph … Das glaubst du ja wohl selbst nicht! Du betrügst mich! Du bist mein Ehemann! Reinhold, das geht so nicht und wenn das so weitergeht, dann muss ich … hach … Das geht so nicht weiter!“

Mit offenem Mund starrte Franzis Vater seiner Frau nach, die die Treppen hochrauschte, sich Justus und den Autoschlüssel schnappte und dann mit dem Auto wegfuhr. Herr Ludwig betrachtete erst den Brief und dann die Pralinenschachtel. Er öffnete sie, nahm sich eine Praline heraus und steckte sie sich in den Mund.

„Gut!“, meinte er und nickte, „Die Pralinen sind echt gut!“

Er aß in seinem Frust nach und nach die ganze Schachtel auf und setzte sich am Abend auf die große weiße Couch im Wohnzimmer. Dort wartete er trübe auf Klarissa. Und während er wartete, fiel ihm etwas ein. Plötzlich wurde er wütend und fasste einen Entschluss.

Einen Tag später hatten sich die Freundinnen noch einmal zu einer Konferenz verabredet. Sie saßen im Café Venezia, leckten an ihrem Eis und nippten zwischendurch an ihrem Pfefferminztee.

„Das hat ja echt super geklappt! Klarissa ist voll darauf reingefallen! Meine Güte, hat die sich aufgeregt!“, freute sich Johanna.

„Ja, wollen wir nur mal hoffen, dass Papa unseren Plan nicht durchschaut hat. Sonst gibt's nämlich großen Ärger und glaubt mir: Das ist nicht schön ...", murmelte Franzi nachdenklich.

„Mist!", flüsterte Jacky, die von ihrem Platz aus alles um die Mädchen herum im Blick hatte, „dein Vater steuert direkt auf uns zu und er sieht nicht erfreut aus ..."

„Ich glaube, wir sollten besser verschwinden!", zischte Nora ihren Freundinnen zu. Doch es war schon zu spät. Franzis Vater hatte den Tisch, an dem die Bande saß, bereits erreicht. Jetzt saßen sie in der Falle!

„Franzi", sagte er zu seiner Tochter, die gerade auf die Toilette verschwinden wollte und schon aufgestanden war. Herr Ludwig klang streng. Seine Aussprache war deutlich und seine Wut war nicht zu überhören.

„Ich möchte dich bitte sprechen. Jetzt! Sofort!", redete er weiter. Franzi schaute ihren Vater unschuldig an. Sie hielt es für besser, erst einmal so zu tun, als ob nichts wäre. Herr Ludwig zog sie ein Stück weg von dem Tisch, an dem die anderen saßen. Er griff in seine Jackentasche und hielt den Brief von „Erika" in der Hand.

„Was hat das zu bedeuten?", fragte er seine Tochter und versuchte, dabei möglichst ruhig zu bleiben.

„W-was soll denn d-d-das zu be-d-d-deuten haben?", stotterte Franzi, „D-das ist ein B-b-Brief."

„Dieser Brief", stellte Franzis Vater klar, „ist von einer Erika. Diese Frau schreibt, dass ich mich mit ihr getroffen hätte. Klarissa hat den Brief gelesen und jetzt denkt sie, ich hätte sie betrogen! Ich habe jetzt ein kleines – nein, ein großes – Problem!“

„Ja“, dachte Franzi grimmig, „ein gewaltiges Kopfproblem! Aber das hattest du ja schon, seitdem du den Entschluss getroffen hast, Klarissa zu heiraten!“

Was sie sagte, war aber: „Das Schöne an diesem Problem ist: Es ist nicht meins!“ Dann wollte sie sich auf dem Absatz umdrehen, um zu ihren Freundinnen zurückzugehen. Aber ihr Vater hielt sie am Arm fest. Schnaubend drehte sich Franzi zu ihrem Vater um. Jetzt war sie sauer.

„Franzi, ich glaube, du und deine Freundinnen, ihr habt den Umschlag und die Pralinen vor die Tür gelegt. Wart ihr das?“, zischte Herr Ludwig.

Franzi drehte sich hilfesuchend zu ihren Freundinnen um, die zwar weiter weg saßen, aber ja nicht taub waren. Sollte sie ihrem Vater die Wahrheit sagen oder alles leugnen? Johanna schüttelte den Kopf, während Juliette nickte. Na, super! was sollte Franzi denn jetzt sagen? Nachdem sie ihrer Meinung nach lange genug geschwiegen hatte, erklärte Franzi ihrem Vater: „Weißt du Papa, ich mag Klarissa einfach nicht. Nein, ich hasse sie und ich will, dass du das akzeptierst. Ich hab dir das schon oft gesagt, aber du hörst mir ja nicht zu. Du hast diese Frau geheiratet und jetzt habt ihr auch noch seit einem Jahr Justus. Ich finde das nicht gut. Und deshalb haben wir diese Aktion gestartet.“

Bei ihrem letzten Satz deutete Franzi auf den Umschlag mit dem Brief, den ihr Vater noch immer in der Hand hielt. Herr Ludwig seufzte.

„Ich kann dich ja verstehen", meinte er und kratzte sich im Nacken, „aber das ist doch kein Grund, Klarissa so rauszuekeln! Wirklich nicht. Und im Übrigen: Klarissa ist nicht sauer auf dich. Sie kam gestern Abend spät zurück und ich hab ihr von meiner Vermutung erzählt, dass ihr dahintersteckt."

Franzi nickte betroffen und schaute zu Boden. Doch dann machte sie einen Kompromiss: „Okay, Papa. Ich gebe mir mehr Mühe. Aber Klarissa muss das auch tun. Ich denke, unser Verhältnis zueinander wird sich dadurch bessern, wenn keiner mehr den anderen angiftet. Ich sag's Lilo auch, okay? Sie wird sich auch dran halten. Da bin ich mir sicher!"

„Meine Tochter! Wie anständig du doch bist! Einverstanden", willigte ihr Vater ein, „ich sage es Klarissa!"

Seine Stimme klang nun wieder weich und ruhig und er lächelte sanft. Dann klopfte er seiner Tochter auf die Schulter, sagte ihr, dass er sie lieb hatte, wünschte ihr und ihren Freundinnen noch einen schönen Nachmittag und verabschiedete sich. Im Gewusel der vielen Stadtbummler verschwand er schließlich.

Franzi seufzte und setzte sich wieder zu ihrer Bande.

„Tja, ihr habt es ja mitbekommen: Ich gebe mir mehr Mühe und Klarissa hoffentlich auch. Unser Plan ist wohl nicht ganz so aufgegangen, wie wir es uns ausgemalt hatten. Dabei war er echt genial!", murmelte sie gedankenverloren und starrte in ihre bereits leere Pfefferminztee-Tasse.

„Das tut mir leid. War eine echt bescheuerte Idee von uns!", bedauerte Johanna verzweifelt.

„Ach, Quatsch! Ihr wolltet mir helfen und habt euer Bestes gegeben. Danke! Ihr seid die allerbesten Freundinnen auf der ganzen Welt, Leute!“, tröstete Franzi Johanna und die anderen. Die Mädchen standen auf und umarmten sich. Nora war gerührt. Sie war froh, solche tollen Freundinnen haben zu dürfen!

Tolle Neuigkeiten

Am nächsten Tag in der Schule stürmte Johanna die Treppen zu ihrem Klassenraum hinauf. Sie war wieder einmal spät dran und das nur, weil Basti ihren Fahrradhelm versteckt hatte und ihn nicht rausrücken wollte. Nachdem sie vergeblich danach gesucht hatte, musste sie lebensgefährlicherweise ohne Helm fahren. Heute Mittag würde Johannas Bruder sein blaues Wunder erleben. Aber jetzt hatte sie Wichtigeres vor ...

Johanna lief auf ihre Freundinnen zu, die wie jeden Morgen, vor dem Klassenraum auf sie warteten.

„Hi, Leute! Ich ... ich hab Neuigkeiten! Hört ... hört zu! Also, mein Vater ... nein wir, also meine Familie ... wir haben so ein Grundstück in Neuhütten. Neuhütten ist so ein kleines Dorf. Und auf dem Grundstück sind zwei Hütten“, japste Johanna total außer Atem, „die wir ab und zu als Ferienhäuschen benutzen. Also die Hütten ... gehören uns. Bald will Papa da noch mal hin und ... Wollt ihr mitkommen?“

Johanna grinste, als ihre Freundinnen begeistert kreischten und ihr um den Hals fielen. Die vier redeten komplett durcheinander.

„Das ist ja krass!“, rief Franzi begeistert.

„Erzähl mal! Wie sieht es da aus in Neuhütten auf eurem Grundstück?“

Nun hörte wieder jede der Mädchen zu.

„Es ist so: Wir haben eine kleine Hütte, in der wir allein schlafen werden und es gibt eine Haupthütte, in der mein Vater dann schlafen wird. Die beiden Hütten sind etwa hundert Meter voneinander entfernt. Das heißt, es sind von unserer Hütte aus 89 Steintreppenstufen bis zum Badezimmer mit Klo, zur kleinen Küche, allerdings ohne Elektro-Herd, zum Esstisch und zu einem anständigen Doppelbett", berichtete Johanna eifrig. „Unsere Hütte ist sehr klein. Sie hat aber ein Sofa, ein großes Regal, ..."

Der Gong zur ersten Stunde schnitt Johanna das Wort ab. Schnell huschten die Mädchen noch vor Frau Meißner in den Klassenraum und setzten sich auf ihre Plätze.

Während der Unterricht begann, malte sich Jacky aus, wie es in Neuhütten sein würde. Abends würden alle auf ihren Matratzen liegen und bis in die Nacht hinein quatschen. Und dann, vor dem Einschlafen würden sie dem Rauschen des Baches lauschen. Johanna hatte eben noch kurz erwähnt, dass die Hütten direkt an einem Bach lagen, direkt neben dem Wald. Herrlich!

Juliette kritzelte an den Rand ihres Biologieheftes lauter Sachen, die sie auf keinen Fall vergessen durfte wie Pyjama, Zahnbürste, Taschenmesser, Taschenlampe, Süßigkeiten ...

Nora machte sich darüber Gedanken, wie sie ihre Phobie bis zum **Peppermints**-Wochenende in den Griff bekommen würde. Mitten im Wald gab es sicher eine Million Spinnen! Wie schrecklich! Sie durfte gar nicht daran denken. Nicht, dass sie in Ohnmacht fiel.

Mein Gott, wäre das peinlich. Wie würde Nora nur vor ihren Freundinnen dastehen? Wie der kleine Schisser vom Dienst!

Johanna freute sich, dass ihre Freundinnen von dem Vorschlag so begeistert waren! Eine wirklich gute Idee von ihrem Vater, Jacky, Juliette, Nora und Franzi mitzunehmen. Sie hatte einfach den besten Vater auf der ganzen Welt! Und die besten Freundinnen …

Franzi freute sich schon auf die Abenteuer, die sie in Neuhütten erleben würden. Eine Nachtwanderung im Wald vielleicht? Ja, das würde ganz ihren Ansprüchen entsprechen!

Neuhütten, wir kommen!

Zwei Wochen später stiegen Jacky, Juliette und Franzi mit je einem Rucksack auf dem Rücken aus zwei verschiedenen Autos aus und liefen auf Johanna zu, die vor dem Haus ihrer Familie stand und schon seit zehn Minuten auf ihre Freundinnen wartete.

„Hi!", begrüßten die Mädchen Johanna und deren Vater. Dann verabschiedeten sie sich kurz von ihren Eltern, gaben Herrn Engel, Johannas Vater, ihr Gepäck, das er im Kofferraum verstaute, und fuhren los.

Im Auto versuchte Herr Engel ein Gespräch mit den Zwillingen aufzunehmen, um die peinliche Stille zu übertönen. Die waren heute nicht sehr gesprächig. Aber das waren sie meistens, wenn jemand anderes dabei war. Deshalb sagten viele, dass Jacky und Juliette langweilig wären, was gar nicht stimmte. Diese Leute, die so etwas sagten, kannten die Schwestern nur nicht. Und wenn man Jacky und ihre Zwillingsschwester kannte, wusste man, dass sie ganz und gar nicht langweilig und still waren.

Während Jacky und Juliette einsilbig die Fragen von Herrn Engel beantworteten, wippte Franzi im Takt zur Musik aus dem Radio mit. Johanna drehte sich grinsend zu ihr um. So kannte sie ihre Freundin! Fröhlich, flippig, musikalisch! Deshalb hatte sie auch letztes Jahr an ihrer Geburtstagsparty den Bandensong der

Peppermints mit Jacky, Juliette, Nora und Johanna aufnehmen wollen. Den Text hatte sie selbst geschrieben und die Melodie war die gleiche, wie die von dem Lied „Hamma" von Culcha Candela. Irgendwie hatte das mit dem Singen nicht so geklappt, weil keine der Bande so gut singen konnte, wie Franzi dachte. Und schon gar nicht, ohne das Lied vorher mal geprobt zu haben. Deshalb hörte sich die Aufnahme schrecklich an. Franzi war enttäuscht, aber hatte versucht, sich nichts anmerken zu lassen. Johanna hatte natürlich sofort erkannt, wie enttäuscht ihre allerbeste Freundin war. Doch zwei Monate später hatte jede der Bande den Song fleißig geübt und dann konnte er doch noch aufgenommen werden. Am Ende hielt jede stolz ihre eigene CD in den Händen. Ja, das war was!

Bei der Erinnerung an die Geburtstagsparty fiel Johanna auch wieder ein, wie zickig Klarissa damals gewesen war. Klarissa war hereingekommen und hatte rumgemotzt, dass es ja wohl nicht sein kann, dass sie einen Song aufnehmen, während ihr Sohn schläft, obwohl sie über das Programm der Party lange vorher Bescheid wusste. Das war vielleicht ätzend! Und dann hatte sich die dumme Gans auch noch darüber beschwert, dass Herr Ludwig den Ofen kaputtgemacht hatte, nachdem sie Pizza gebacken hatten, obwohl der Ofen gar nicht kaputt war. Klarissa war schon immer so blöd. Arme Franzi! Manchmal tat sie Johanna echt leid. Es musste aber auch schwer sein für sie und Lilo.

Johanna kehrte wieder in die Gegenwart zurück und betrachtete ihre Freundinnen.

Die schauten wie gebannt aus dem Fenster, obwohl es da gar nicht viel zu sehen gab, außer Bäume. Vielleicht war das für Jacky und Juliette eine Gelegenheit, vom Gespräch mit Herrn Engel abzulenken. Johanna machte es den Mädchen nach.

Eine Weile später entdeckte Juliette einen schwarzen Mercedes vor ihnen. Sie betrachtete das Nummernschild genau und lächelte.

„Nora fährt vor uns“, erklärte sie Herrn Engel. Der überholte nach kurzem Wortwechsel mit Noras Mutter aus dem Fenster den Mercedes und fuhr am Campingplatz vorbei in den Wald hinein.

Bei einer Lichtung unterhalb einer großen Wiese hielt er an und stieg aus. Etwas oberhalb konnte man zwei Hütten erkennen. Jacky, Juliette, Johanna und Franzi stiegen ebenfalls aus und gingen auf den Mercedes zu, indem Nora immer noch saß.

Schließlich stiegen ihre Mutter und sie aus, begrüßten die anderen und hievten Noras Gepäck aus dem Kofferraum. Johannas Vater ging auf Frau Kauz zu und schüttelte ihr die Hand.

„Guten Tag!“, sagte er erfreut zu Noras Mutter. Die antwortete mit einem kurzen schnippisch klingenden „Hallo“. Nachdem die Bande ihr Gepäck aus dem Auto geholt hatte, stand sie im Türrahmen ihrer Hütte. Herr Engel zeigte Frau Kauz und der Bande die Hütte. Noras Mutter ließ ihren bekannten kritischen Blick durch die Hütte schweifen.

„Und es ist hier auch nicht zu kalt für meine Nora? Sie bekommt leicht eine Blasenentzündung!“, mäkelte sie.

Herr Engel schüttelte zuversichtlich den Kopf und meinte: „Ganz bestimmt nicht!“, während Nora vor Scham gerne im Boden versunken wäre.

„Wow!“, hauchte Jacky. „Das ist echt genau, wie du es beschrieben hast!“

„Nur besser!“, schwärmte Nora, als sie sich endlich der Hütte widmen konnte.

„Das ist für heute und morgen unser Zuhause! Na, los, packt eure Sachen aus!“, erwiderte Johanna.

Juliette und Franzi waren sprachlos. Sie sahen sich erst einmal um. Direkt wenn man in die süße Mini-Hütte mit dem schiefen Flachdach aus rot-braunem Holz reinkam, stand man vor einem gemütlichen Sofa mit kuscheligen Decken und Kissen. Direkt davor stand ein kleiner Tisch, auf dem bereits Pappteller und Servietten platziert waren. Neben dem Sofa standen noch zwei Stühle aus Holz. Darüber war ein Fenster, aus dem man direkt auf ein paar Bäume, die hellgrüne Wiese und den im Sonnenlicht glitzernden Bach blickte. An der Wand geradeaus stand ein weißes großes Regal mit vielen Schubladen mit Geschirr und auch Spielen von Johannas jüngeren Geschwistern, Basti und Sophie. Rechts neben dem Eingang war noch ein Fenster sowie eine Leiter – auch aus Holz. Daneben stand ein kleiner Ofen.

Juliette kletterte zuerst die Leiter hoch. Oben angekommen ließ sie ihren Blick über den Holzboden schweifen, auf dem fünf Matratzen lagen. Die Decke war niedrig, sodass man aufpassen musste, dass man sich nicht den Kopf stieß. Stehen konnte man hier oben nicht. Es war wie in einem wunderschönen Märchen. Irgendwie war diese Hütte romantisch, aber es war kalt. Endlich erinnerte sich der Sprachmechanismus in ihrem Gehirn wieder daran, seinen Job zu machen und Juliette fand ihre Sprache wieder.

„Das ist ... der absolute Wahnsinn!", rief sie ihren Freundinnen zu, „Kommt doch endlich auch rauf!"

„Das würden wir ja gern, aber du stehst noch auf der Leiter und versperrst uns somit den Weg!", gab Franzi zu bedenken und die Seifenblase, in der der romantische Traum von Juliette zu schweben schien, zerplatzte. Juliette stöhnte und machte Platz. Typisch Franzi! Als alle oben waren, die urige Hütte bewundert hatten und die Matratzen mit einem Bettlaken bezogen hatten, breiteten die Mädchen ihre Schlafsäcke aus und richteten die Hütte mit den Sachen, die sie mitgebracht hatten, ein. Eine Viertelstunde später saßen Jacky, Nora und Johanna auf dem Sofa. Franzi und Juliette hatten die beiden Stühle um den Tisch gestellt und es sich darauf gemütlich gemacht. Auf einem der Pappteller lagen bereits die Pistazien, die Franzi mitgebracht hatte, auf einem anderen lagen die Chips von Johanna, auf einem dritten die Reiswaffeln mit Schokolade von Nora und auf dem vierten Pappteller hatten Jacky und Juliette ihre kleinen Würstchen platziert, die sie aus Amerika mitgebracht hatten. Von dort schmeckten die Mini-Würstchen immer am besten. Jede schob sich ein

Würstchen in den Mund, als Herr Engel mit Frau Kauz reinkam.

„Auf Wiedersehen! Und esst nicht so viel ungesunden Krempel!“, verabschiedete sich Frau Kauz. Sie gab ihrer Tochter einen Kuss auf die Stirn und dann verschwand sie winkend.

Herr Engel wedelte mit einem Schlüssel, der an einem grünen Perlenkunstwerk, das einen Frosch darstellen sollte, in der Luft herum.

„So, Mädels! Das ist der Schlüssel für eure Hütte!“, sagte er und übergab den Schlüssel mit dem Anhänger Johanna.

„Und jetzt zeige ich euch, wie ihr hier drinnen Feuer macht. Es ist ja eiskalt!“, fuhr er fort.

Die Mädchen schauten Herrn Engel gut zu, wie er zwei große Stücke einer Zeitung zerknüllte und sie in den Ofen warf. Drumherum baute er dünne Holzstücke, die er aus einer Kiste daneben gefischt hatte, pyramidenartig auf. Dann nahm er ein Streichholz aus der Packung, die er aus seiner Hosentasche zog, zündete die Zeitung an und kurz darauf fing auch schon das Holz an zu brennen. Augenblicklich wurde es ein wenig wärmer.

„So macht man das! Am besten legt ihr alle fünfzehn Minuten mal Holz nach, damit es hier schön warm bleibt!“, schlug Herr Engel den Freundinnen vor. „Was haltet ihr davon, wenn ihr jetzt mal einkaufen geht? Dann könnt ihr auch aussuchen, was ihr heute und morgen zum Essen haben haben wollt!“

Jacky nickte. Herr Engel drückte seiner Tochter ohne ein weiteres Wort einen Fünfzig-Euro-Schein in die Hand und verließ die Hütte. Er verschwand in der Haupthütte. **Die Peppermints** sperrten die Tür der Hütte ab und machten sich auf den Weg zum Supermarkt.

„Sagt mal, Leute“, fiel Juliette ein, „haben wir eine Tasche, in die wir unsere Einkäufe legen können?“

Alle blieben stehen und schauten sich an. Aber zum Glück hatten die Mädchen ja Nora!

„Logo, ich hab eine!“, grinste diese und zog aus ihrer Hosentasche ein winziges Ding, was sich dann als zusammengefaltete, lilafarbene Einkaufstüte, von der man niemals gedacht hätte, dass sie eine ist, entpuppte.

„Nora denkt an alles! Perfekt!“, freute sich Jacky. Sie hätte den langen Weg nicht nochmals zurück laufen wollen. Bis zum Supermarkt war es noch ein ganzer Kilometer. Und zwei Kilometer hatten sie sicher schon hinter sich. Anstrengend!

Juliette zählte auf: „Also, wir müssen unbedingt Käse kaufen. Gouda am besten. Jungen Gouda. Und morgen Mittag grillen wir doch. Da brauchen wir Würstchen und Fleisch. Und …“

„… alles andere sehen wir gleich!“, schnitt Johanna ihr das Wort ab. Sie war ein spontaner Mensch und mochte es nicht, alles perfekt zu planen. Sie entschied Dinge lieber erst auf den letzten Drücker. Eigentlich wollte sie das manchmal nicht einmal, es passierte einfach. Öfter schon hatte sie Elternbriefe zu spät abgegeben und auch bei Aufsätzen gab sie ihr Heft immer als Letzte ab. Oder beim Aufstehen, auch dabei ließ sich Johanna immer Zeit, weshalb sie öfter zu spät zur

Schule kam. „Nur keine Hektik!“ und „Keine Panik!“, waren ihre Lieblingssätze.

Zwanzig Minuten später erreichten die Freundinnen den Supermarkt. Sie schlenderten zu fünft durch die vielen Reihen von Regalen und legten hin und wieder mal etwas in die Einkaufstasche von Nora. Bei vielen Dingen waren sich die Mädchen sofort einig, ob sie es kaufen wollten oder nicht, aber bei manchen Sachen eben auch nicht, wie beim Käse:

„Ich würde sagen, wir nehmen einfach den Emmentaler“, sagte Johanna.

„Der schmeckt aber doch gar nicht!“, wandte Franzi beinahe viel zu laut ein.

„Nehmen wir doch einfach diesen hier: Allgäuer Ziegenkäse in Würfeln“, schlug Jacky vor. Juliette schüttelte kritisch den Kopf.

„Wir nehmen Gouda. Jungen Gouda. Der schmeckt uns allen, haben wir doch eben schon festgelegt!“, erinnerte sie die anderen.

„Okay, diese Packung“, entschied Nora nun einfach und legte die Packung, die sie in den Händen hielt in die Tasche. Dann ging sie zu einem anderen Regal. Dass Franzi den Käse gegen eine andere Packung austauschte, bekam sie gar nicht mehr mit. An der Fleischtheke kauften die Mädchen zehn Würstchen zum Grillen und vier Steaks. Nachdem sie dann noch länger durch die Regale geschlendert waren und noch mehr leckere Sachen entdeckt hatten, war die Einkaufstasche bis oben hin voll und tonnenschwer.

An der Kasse mussten die Freundinnen nicht lange anstehen und kamen schnell dran.

„39 Euro 95, bitte!“, forderte die Kassiererin.

Johanna gab ihr den Fünfziger, steckte das Rückgeld in ihr Portemonnaie und half den anderen, das ganze Zeug wieder schnell in die Tasche einzuräumen. Nicht, dass die paar Leute hinter ihnen noch ungeduldig wurden. In der Bäckerei neben dem Supermarkt holten Johanna und Nora noch ein paar Brötchen und Croissants zum Frühstück morgen. Anschließend gingen **Die Peppermints** wieder zurück zur Hütte. Mit dem Tragen der Taschen wechselten sie sich gerechterweise ab.

„Jetzt bist du dran, Jacky! Du hast noch gar nichts getragen!“, bestimmte Juliette und übergab ihrer Zwillingsschwester die schwere Einkaufstasche. Johanna bekam die eine Brötchentüte und Nora die andere.

„Wisst ihr was? Heute Abend spielen wir Wahrheit oder Pflicht! Das wird sicher spannend! Und niemand darf sich vor einer Aufgabe drücken, okay?“, rief Franzi begeistert.

Nora musste schlucken. Was, wenn sie bei „Wahrheit“ ihren Freundinnen das mit der Spinnen-Phobie erzählen musste? Dann würden sich Jacky, Juliette, Johanna und Franzi über sie lustig machen und bei „Pflicht“ müsste sie eine Spinne anfassen und schließlich ... würde sie vor ihren dann ehemaligen besten Freundinnen in Ohnmacht fallen! Und die anderen würden sie auslachen. Aber: Die vier würden doch wohl nicht so fies sein!

„Können wir nicht was anderes spielen?“, fragte Nora ängstlich.

Sie hoffte, dass Juliette und Johanna auch gegen das Spiel waren, aber als sich vier Hände in die Luft bewegten, nachdem Franzi gefragt hatte „Wer ist für ‚Wahrheit oder Pflicht‘?“, wusste Nora, dass sie heute mal nicht zu ihr hielten.

„Hoffen wir mal das Beste“, seufzte sie leise und folgte den anderen zur Hütte zurück.

Das Feuer der Geheimnisse

Nachdem die Freundinnen ihre Einkäufe in die Haupthütte gebracht hatten, legte Juliette Holz nach. Nora hatte es sich auf dem kleinen Sofa gemütlich gemacht und las ein Buch. Jacky suchte im Wald Stöcke und Äste für das Lagerfeuer, um das sich Johanna und Franzi kümmerten.

Seit zehn Minuten versuchten sie, mit den feuchten Streichhölzern ein vernünftiges Feuer anzuzünden. Vor der Hütte der Mädchen war eine Feuerstelle, fast direkt neben einem riesigen Haufen Holz, der von einer grünen Plane vor Regen geschützt wurde. Einige Male klappte es, aber dann ging das schwache Feuer immer wieder aus, obwohl der Wind heute gar nicht mal so stark wehte. Nach achtzehn Versuchen blieb das Feuer an und knisterte und flackerte herrlich.

„So macht man das!“, äffte Johanna ihren Vater mit tief verstellter Stimme nach und nickte stolz.

Langsam dämmerte es. Nora und Juliette holten kleine Klappstühle und bauten sie kreisförmig um das Feuer auf, von dem inzwischen starke Hitze ausging. Hinter Nora war ein abgeholzter Baumstamm-Rest, den die Bande als Tisch für die Kartoffeln, die Erdbeeren, die Alufolie, die Bananen, die Schokolade, die Pappteller und ein paar weitere Dinge benutzte, die sie gleich verzehren wollten. Die Stöcke, die Jacky gesucht hatte, hatte sie mit ihrem Taschenmesser vorne spitz angeschnitzt. Darauf steckte nun jede eine Portion des Stockbrotteigs, den Johanna bei sich zu Hause vorbereitet hatte. Stockbrot gehörte zu einem Lagerfeuer dazu. Das war einfach so. Die Zwillinge hatten Bananen und Erdbeeren mitgebracht, Franzi Schokolade. Vollmilch und Edelbitter. Edelbitter-Schokolade mit möglichst mindestens siebzig Prozent Kakaoanteil war eine Vorliebe, die die Freundinnen teilten. Deshalb, fand Franzi, gehörte diese Schokolade genau wie das Stockbrot zu einem Lagerfeuer und auch der Pfefferminztee, den Herr Engel gerade brachte, zu einem **Peppermints**-Treffen dazu.

Johannas Vater hielt sich nicht lange auf. Er stellte nur schnell die Teekanne sowie fünf Tassen auf den zum Tisch umfunktionierten Baumstamm-Rest und dann verschwand er wieder in der Haupthütte. Das war das gute an Johannas Vater: Er ließ die Mädchen – anders als Noras Eltern, die ständig alles kontrollierten – ihr eigenes Ding machen! Und das fand nicht nur Johanna gut.

Franzi schnitt in eine Erdbeere ein paar Mal längs hinein, legte in jeden Schnitt ein Stück Schokolade, wickelte das Ganze in Alufolie und legte das Päckchen in die heiße Glut. Ihre Freundinnen machten es ihr nach.

„Mit Bananen schmeckt das auch gut“, kommentierte Nora, nachdem sie es ausprobiert hatte.

Himmlischer Schmaus! Juliette wischte sich mit dem Handrücken die geschmolzene Schokolade, die nach dem Verzehr der Erdbeeren an ihrem Mund hängengeblieben war, weg. Das war ja fast so viel Essen und Süßkram wie in Amerika bei ihrer Oma, fiel ihr auf. Trotzdem wickelte sie noch eine Kartoffel in Alufolie und legte sie vorsichtig in die Glut.

Währenddessen fragte sie: „Und wer fängt an? Ich meine, mit Wahrheit oder Pflicht? Ich bin dafür, diejenige, die das Spiel vorgeschlagen hat! Franzi?“ Juliette schaute Franzi herausfordernd an und zog die Augenbrauen hoch.

Ihre Freundin nahm das Ganze locker, warf ihre blonde, lockige Haarpracht über die Schulter und erwiderte nur: „Klar, warum nicht? Ich nehm‘ dann Pflicht.“

Die vier mussten nicht lange grübeln. Johanna hatte sofort eine Aufgabe parat. Erst nachdem sie ihre Banane mit Genuss zu Ende gegessen hatte, sagte sie zu Franzi: „Du rufst jetzt diesen Philipp an. Das ist der Nachbarsjunge unserer lieben Zwillinge. Jacky? Dein Handy bitte! Da ist die Nummer drauf. Ich hab‘s genau geseh‘n!“

Widerwillig rückte Jacky ihr Handy heraus. Hätte sie gewusst, was noch auf sie zukam, hätte sie das Handy am liebsten unter ihrem Hintern versteckt.

„Und was soll ich zu diesem Philipp sagen? Dass ich verliebt in ihn bin vielleicht? Und dass ich ihn nächste Woche Samstag ins Kino einladen will?“, spottete Franzi und lachte verächtlich.

„Letzteres ist gar keine schlechte Idee, Fränzchen!", grinste Johanna frech. „Na, dann mal los, Mrs. Cool!"

„Das ist fies!", wandte Franzi ein. Trotzdem versuchte sie, möglichst cool herüberzukommen. Innerlich hoffte sie auf eine leichtere Aufgabe. Da hatte sie sich ja was eingebrockt! Franzi, Franzi! Aus der Nummer kam sie nicht raus, ehe sie nicht diesen Philipp ins Kino bestellt hatte. Sie gab sich einen Ruck und griff nach Jackys Handy, welches auf dem „Baumstamm-Tisch" lag. Franzi suchte Philipps Nummer aus dem Telefonbuch aus Jackys Smartphone und drückte auf die grüne Taste. Jetzt wurde es ernst.

„Hallo, Jacky!", kam es vom anderen Ende. Eine Jungenstimme war zu hören. Das musste dieser Philipp sein. Nur gut, dass er Franzi für Jacky hielt. Franzi lächelte in sich hinein. Pech gehabt, Jacky!

„Hi, Philipp! Na? Wie geht's dir so?", schmachtete Franzi. Ihr schadete es ja nicht …

„Seit den letzten zehn Sekunden, gut!", himmelte Philipp Franzi, von der er dachte, es wäre Jacky, weiter an. Jacky schaute ihre Freundinnen entsetzt an. Sie hatten alles mitgehört und konnten sich ein Kichern nicht verkneifen, auch Franzi nicht. Philipp hatte das anscheinend gehört. Beschämt fragte er: „Hast du gerade gelacht?"

Jacky war ihr Mitleidsgefühl für den armen Philipp anzusehen. Jetzt musste sich Franzi etwas einfallen lassen.

„Ach, Quatsch!", log sie, „Ich habe … nur gehustet, weißt du? Ich bin ein wenig erkältet."

„Ach so! Das tut mir leid für dich." Philipp war hörbar erleichtert.

„Aber weshalb ich eigentlich anrufe: Im Moment läuft doch dieser Film im *Kino Kiss in the Rain*. Hättest du Lust, da am Samstag nächste Woche um ... ich glaube 16.00 Uhr mit mir hinzugehen? Wär' doch total romantisch, oder? Wir zwei allein ...", fuhr Franzi fort.

Erst da fiel Juliette und Nora auf, dass ihre Freundin echtes Schauspieltalent hatte. Kein Wunder! Philipp wurde nun verlegen. Alles, was er dann noch zu sagen zustande brachte, war: „O-okay! Ich f-freu mich schon total! Na, dann bis am S-Samstag und gute B-Besserung, Jacky!"

Dann legte Franzi auf und lächelte die anderen triumphierend an.

„Na, was sagt ihr jetzt?", fragte sie.

Ihre Freundinnen waren begeistert.

„Cool, Franzi! Dann freu dich mal auf deine nette Verabredung mit diesem süßen Philipp!", flüsterte Johanna verführerisch.

„So war das aber nicht abgemacht, Leute! Die Aufgabe bestand darin, diesen Typ ins Kino einzuladen. Nicht hinzugehen!", rief Franzi. „Aber wartet mal! Er erwartet doch Jacky. Soll die doch hingehen! Komm schon, Jacky! Dein Phil fährt voll auf dich ab! Er wartet im Kino auf dich, nicht vergessen ..."

Jacky zog eine Schnute.

„Unsere Jacky schwebt ja total auf Wolke Sieben!", machte sich Johanna lustig.

„Ha, ha, und du fällst von Wolke Acht herunter!", brummte Jacky.

„Bitte, dein Philipp scheint dich echt toll zu finden!", mischte sich nun auch Nora ein. Erst schaute Jacky immer noch ein bisschen beleidigt. Doch dann musste sie lächeln.

„Gut!", antwortete sie übertrieben erfreut. „Dann gehe ich am Samstag zu meinem Phil! Ich freue mich schon!" Und das tat sie wirklich. Das war nicht zu übersehen!

„Du bist dran, Nora!", machte Franzi weiter.

„Wahrheit", wählte Nora leise.

„Auf was reagierst du besonders empfindlich?", kam es von Juliette wie aus der Pistole geschossen. Das war die Frage, auf die Nora den ganzen Abend gewartet, vor der sie sich gefürchtet hatte. Warum hatte sie auch bloß „Wahrheit" genommen? Aber sie konnte ja jetzt keinen Rückzieher machen oder ihre besten Freundinnen anlügen! Also rückte sie mit der Wahrheit raus: „Also ... Ihr müsst mir erst versprechen, dass ihr das nicht ausnutzt, was ich euch gleich erzähle, klar?!"

Die anderen nickten gespannt.

„Natürlich nicht! Heute mal nicht ... Nee, Quatsch, so etwas machte man doch als Freundinnen nicht!" Johanna kreuzte dennoch die Hände hinterm Rücken.

„Das werden wir dann sehen", dachte sie dabei. Besser machte sie keine Versprechungen ...

Nora fuhr fort: „Ich habe eine ... Spinnen-Phobie. Ich hab echt total Angst vor Spinnen. Richtig schlimm. Und wenn ich eine sehe, dann ... falle ich im schlimmsten Fall in Ohnmacht. Ist schon öfter mal passiert."

Verwundert schauten Jacky, Juliette, Johanna und Franzi ihre Freundin an. Damit hatten sie jetzt nicht gerechnet.

„Okay. Stört dich diese Phobie? Kann man sie heilen? Geht das auch mal von selbst weg irgendwann?“, löcherte Juliette Nora, die ein besorgtes Gesicht machte.

Wahrscheinlich hielt sie nach einer Spinne Ausschau, die ihr gleich über den Rücken krabbeln wollte und sie in Ohnmacht fallen ließ.

„Man kann Phobien heilen. Auch Spinnen-Phobien. Aber man muss bei dieser Therapie auch Spinnen anfassen und so. Ich hab mich im Internet darüber informiert. Der Arzt führt einen stückchenweise heran. Das will ich nicht! Und von allein geht das niemals weg. Das ist eine Angstkrankheit“, erklärte Nora den Vieren.

Die nickten betreten. Sie konnten doch nicht zusehen, wie ihre Nora vor Angst schrie und in Ohnmacht fiel. Sie mussten etwas gegen diese Phobie tun. Ja, genau! Sie mussten Nora, am besten ohne, dass sie es merkte, an die Spinne heranführen. Das war es! Frau Doktor Doktor Jacky Strawbrown, Doktor der Medizin Juliette Strawbrown, Doktor Johanna Engel und Frau Professor Doktor Franziska Ludwig!

„Cool“, schoss es Franzi durch den Kopf.

„Jetzt ist Juliette dran“, riss Johannas Stimme sie aus ihren Gedanken.

Juliette wählte auch Wahrheit und erzählte ihren Freundinnen widerwillig, dass sie zuletzt mit einem Lorenzo in der Grundschule Händchen gehalten hatte.

Johanna gestand den anderen, dass sie sich vor mehreren Wochen mal mit Ursula getroffen hatte und ihr von der Bande erzählt hatte. Erst hatte sich Franzi fürchterlich aufgeregt, aber dann hatte sie eingesehen, dass ihr Temperament wieder einmal mit ihr durchgegangen war und sagte, dass es ihr leid täte. Franzi hatte später erzählt, dass sie manchmal fand, Nora sei total konservativ. Nora war beleidigt gewesen, aber hatte sich wenige Minuten später wieder eingekriegt, als Juliette erklärte, dies sei ja nur Franzis Meinung.

Ein Abend am Lagerfeuer voller Geheimnisse, die es ja jetzt eigentlich nicht mehr wirklich waren.

Nachteulen

Es war erst 21.00 Uhr, aber stockdunkel. Jetzt, als die Mädchen eigentlich schon auf ihren Matratzen liegen sollten, zog jede ihren Rucksack auf, der nun umgepackt war. Statt Schlafanzug und Kleidung lagen nun Taschenlampe und -messer drinnen sowie Proviant, Lupe und andere Dinge, die einem bei einer Nachtwanderung behilflich sein könnten.

Johanna steckte den Schlüssel für die Hütte ein, nachdem sie die Tür abgesperrt hatte.

„Bereit?“, fragte Franzi und rieb sich die Hände. Es war relativ kühl geworden. Bei jedem Wort, das man aussprach, stiegen vor einem kleine Wölkchen auf.

„Bereit!“, riefen die anderen im Chor und sie marschierten zu fünft mitten hinein in den Wald. Mitten hinein in das Zuhause der Hexen und Geister und mitten hinein in die Dunkelheit. Jacky beleuchtete mit ihrer Taschenlampe den Trampelpfad. Die Bäume sahen aus wie Kobolde oder Hexen, die mit ihren langen Fingern nach ihnen griffen. Furchteinflößend!

Nora versuchte, diese Gedanken beiseite zu schieben und daran zu denken, dass sie für ihre Oma durch den Wald ging. Ihre Oma hatte den Wald geliebt und war jeden Tag Pilze oder Blumen darin suchen gegangen. Häufig hatte sie auch seltene Exemplare gefunden und sich immer daran erfreut.

„Ja, das hat sie immer glücklich gemacht“, dachte Nora. Aber ... ihre Oma lebte nicht mehr. Seit bald genau zwei Jahren. Und weil Oma jetzt keine neuen Blumenarten und seltenen Pilze entdecken konnte, tat sie, Nora, es eben.

„Für meine Oma!“, murmelte Nora traurig.

„Hier ist das Hexenhaus“, wusste Johanna und zeigte auf eine Hütte, die noch kleiner war als die der Mädchen. In der Dunkelheit konnte man nur noch die Umrisse erkennen. Aber Juliette wusste auch so, dass die Hütte morsch war, dass das Dach halb eingestürzt und mit Moos überwuchert war. Ein richtiges Hexen-Zuhause. Ein Schauder fuhr ihr den Rücken hinunter.

„Es gibt doch gar keine Geister und Hexen!“, versuchte sie sich klarzumachen. „Alles nur erfundener Blödsinn!“

„Wollen wir ... reingehen?“, fragte Franzi ihre Freundinnen vorsichtig. Die Angst in deren Gesichtern konnte sie zwar nicht sehen, aber spüren.

„Würde ich nicht tun. Einsturzgefahr. Da hängt sogar ein Schild an der Hütte. Kann man aber jetzt nicht lesen“, riet Johanna. Die anderen nickten.

„Ich gehe trotzdem rein. Kommt jemand mit?“, beschloss Franzi abenteuerlustig.

Erst waren alle skeptisch, doch dann entschieden sie sich dafür, wenigstens näher heranzugehen. War doch spannend!

Zusammen gingen die fünf auf die Hexenhütte zu, setzten einen Fuß in die Hütte und beleuchteten sie kurz, sodass sie etwas sehen konnten. Das reichte ihnen, denn plötzlich erstarrten sie in der Bewegung. Hinter ihnen stand jemand. Nora konnte den Atem von diesem jemand auf der Haut spüren. Jetzt war alles aus!

„Ihr wart die besten Freundinnen auf der ganzen Welt und du die beste Schwester, Juliette!", flüsterte Jacky voller Angst.

Jede ihrer Freundinnen sollte zum Abschluss noch einmal zu hören bekommen, wie toll sie war. Das machte ihnen wenigstens Mut.

„Was macht ihr denn da? Ihr dürft hier doch nicht hin – Einsturzgefahr!", brummte eine zornige Stimme hinter ihnen.

Jackys Knie zitterten. Keiner hatte sich bis jetzt bewegt. Johanna kam die Stimme bekannt vor. Trotzdem wollte sie sich nicht umdrehen. Ihr Herz klopfte bis zum Hals. Vielleicht stand da ja eine alte Hexe, die ihre Hütte vor Eindringlingen schützen wollte. Obwohl … Die Stimme war ziemlich tief für eine Hexe. Hexen im Stimmbruch? Gab es so was?

Franzi war die Mutigste von allen. Sie drehte sich auf Knien wie Wackelpudding zu dem Jemand um und starrte in ein aufgebrachtes Gesicht. Relativ großer Kopf, breite Schultern, geschätzte ein Meter fünfundachtzig groß … Moment mal! War das nicht … Herr Engel! Natürlich!

„Johanna! Es ist dein Vater!", zischte Franzi den anderen leise zu.

Sie konnte ihr eigenes und das erleichterte Aufatmen ihrer Freundinnen hören. Meine Güte, hatte Johannas

Vater ihnen einen Schrecken eingejagt. Johanna wandte sich an ihren Vater:

„Mann, hast du uns erschreckt, Papa! Was machst du denn hier?"

„Ja", Herr Engel lachte auf, „dasselbe könnte ich euch auch fragen! Ich habe zufällig aus dem Fenster gesehen, das fünf Gestalten über die Wiese hinein in den Wald gehuscht sind. Da wollte ich mal nachsehen, wer um Viertel vor zehn noch hier auf unseren Grundstück rumläuft. Und dann hab ich euch erwischt, wie ihr hier hingegangen seid. Das ist gefährlich, Kinder! So eine Aktion will ich bitte nicht noch einmal erleben!"

Auf dem Weg zur Hütte hielt er den Mädchen noch eine lange Moralpredigt darüber, in was für eine große Gefahr sie sich gebracht hatten. Erst an der kleinen Hütte der Freundinnen verabschiedete er sich und wünschte ihnen eine gute Nacht.

Die Peppermints saßen wie auch am Nachmittag um den kleinen Holztisch. Auf dem Sofa hatten sie eine rote kuschelige Decke mit Blumenmuster ausgebreitet. Das Feuer im Kamin verbreitete eine angenehme Wärme im Raum, während es vor sich hinknisterte und flackerte. Dem Feuer konnte man lange zuschauen, fand Nora. Wie die Flammen vor sich hinzüngelten und wild umhertanzten. Es erinnerte sie an das berühmte Gedicht „Das Feuer" von James Krüss.

Johanna legte gerade Holz nach, als Franzi etwas gestehen wollte. Sie hatte sich fest vorgenommen, es heute hier und jetzt zu tun.

„Wisst ihr, ich hab eigentlich noch ein Geheimnis. Bitte seid mir nicht böse und macht einfach mit! Das wird eine Menge Spaß machen! Bitte!“, bettelte Franzi die anderen an.

„Mach‘s nicht so spannend! Aber okay: Wir schwören“, versprach Jacky.

Franzi war sich nicht sicher, ob sie das nach dem Geständnis auch noch so einfach sagen würde. Trotzdem legte sie los: „Ihr habt doch sicher von diesem Talentwettbewerb gehört, oder?“

Die vier schüttelten die Köpfe.

Franzi redete weiter: „Das ist so ein Wettbewerb von der Schule aus. Da kann jeder von der Unterstufe mitmachen und irgendein Talent zeigen. Es gibt eine Jury und man kann natürlich auch gewinnen. Nach der Klassenfahrt freitags findet der Wettbewerb statt. Von 18.00 Uhr bis 21.00 Uhr. Ihr habt da doch Zeit oder?“

„Ja, schon“, sagte Nora, „aber wir haben uns doch nicht angemeldet …“

Franzi schaute betreten zu Boden.

„Du etwa? Hast … du uns bei … dem Wettbewerb angemeldet?“, fragte Johanna behutsam.

Franzi nickte verlegen. Das würden sie ihr nie verzeihen.

„Okay. Und mit welchem Talent hast du uns eingetragen? Doch nicht etwa Singen, oder?“, kam es von Juliette entsetzt.

„Doch. Mit Singen“, meinte Franzi undeutlich, die sich die Hände besorgt vor ihr Gesicht schlug.

Stille. Jacky, Juliette, Nora und Johanna schauten sich an. Sie waren baff. Das hätten sie ihrer Freundin nie zugetraut.

„Das tut mir so leid, aber man kann sich auch so kurzfristig nicht mehr abmelden!", beteuerte Franzi.

Sie war verzweifelt. Klar, das wäre Juliette auch gewesen, wenn sie so etwas getan hätte. Ganz schön gemein von Franzi!

„Was hab ich da nur gerade versprochen?!", warf sich Jacky vor.

Nach einem kurzen Blickwechsel mit ihrer Zwillingsschwester, Nora und Johanna waren sie sich aber einig, was sie tun sollten. Gute Freundinnen verstanden sich auch ohne Worte! Johanna übernahm das Reden:

„Franzi, du hast echt Mist gebaut. Aber, hey, wir sind Freundinnen! Und wir halten zusammen. Und deshalb machen wir natürlich mit. Aber: Wir suchen den Song zusamm …"

Der Rest, den Johanna sagte, hörte keiner mehr, da er in Franzis Gejubel unterging. Sie hüpfte vor dem Kamin herum und veranstaltete ein wildes Tänzchen. Die anderen vier grinsten.

„Franzi, Franzi! Du wirst echt nicht mehr nachgemacht!", ging es Jacky, Juliette, Nora und Johanna in dem Moment durch den Kopf.

Operation Phobie – Heilung I

Die Peppermints saßen noch immer um den kleinen Tisch. Die Pistazien waren schon alle aufgefuttert und auch die Schoko-Reiswaffeln. Jetzt blieben nur noch Johannas Chips und die amerikanischen Würstchen übrig. Die fünf hatten sich zwar schon die Zähne in der Haupthütte geputzt, damit Herr Engel ihnen glaubte, dass sie auch wirklich sofort schliefen, aber heute war das egal. Ausnahmsweise!

„Haben wir auch noch was anders?“, fragte Jacky die anderen.

Franzi stand wortlos auf, ging zu dem kleinen Regal links neben der Eingangstür an der Wand und nahm sich daraus den gesamten Inhalt. Das waren Russischbrot, Gummibärchen, Salzstangen und ... noch mehr Chips! Jacky seufzte zufrieden, als Franzi die Süßigkeiten auf dem kleinen Tisch abstellte und lächelte dabei selig. Wie im Schlaraffenland!

Während Franzi die Leckereien auf die grünen Pappteller mit den weißen Punkten verteilte, betrachtete Nora noch einmal die schöne Hütte von innen. Ihr Blick fiel auf das große weiße Regal, dann wanderte er an dem Regal hinunter auf den Fußboden. Und plötzlich starrte sie direkt auf eine fette, riesige, schwarze Spinne. Nora sprang reflexartig vom Sofa auf und kreischte hysterisch:

„Eine Spinne! Beim Regal! Da! Iiih! Ich hab Angst! Macht sie tot!“

Hilflos sahen ihre Freundinnen sie an. Was sollten sie denn jetzt tun? Sie hatten ja selbst Angst vor Spinnen. Zwar nicht so heftig wie Nora, aber so viel, dass sie keine Spinne anfassen wollten. Was jetzt? Nach einem genaueren Blick auf dieses, im Vergleich zu einem Menschen, kleine Objekt, stellte Johanna fest, dass die Spinne tot war. Okay, sie wusste, was zu tun war. Schnell schilderte sie den anderen von ihrer Strategie:

„Juliette, du holst dir den Besen da hinten in der Ecke und kehrst die Spinne bis zum Kamin. Jacky schiebt sie dann auf die Handschaufel und Franzi wirft die Spinne in den Kamin, den ich aufhalte. Alles klar?“

Alle nickten bis auf Nora, die ängstlich, aber flink die Leiter hochgeklettert war und sich in ihrem Schlafsack verkrochen hatte.

„So eine Phobie war ja echt schlimm“, bemerkte Jacky still, während sie die Spinne hektisch angeekelt auf die Handschaufel beförderte und sie anschließend Franzi in die Hand drückte. Die warf die Spinne schnell in den Kamin, dessen Tür Johanna eilig schloss.

„Du kannst wieder runterkommen!“, rief Juliette Nora zu.

„Die ähm du weißt schon verbrennt gerade im Kamin!“, versuchte Johanna ihre phobiekranke Freundin zu beruhigen.

Mit zitternden Knien tapste Nora die Leiter herunter. Sie stand total unter Schock und kaute sogar an ihren Fingernägeln, obwohl sie das sonst nie tat. Ihre Mutter verbot es ihr nämlich.

„Hey, Nora! Die Spinne ist tot! Reg dich ab!“, stellte Franzi klar. Langsam kam Nora zur Ruhe. Sie fing wieder an, gleichmäßig zu atmen und setzte sich aufs Sofa.

„Na, das hat ja super geklappt!“, dachte Franzi ironisch.

Das mit der Spinne hatte sowieso auf dem Plan gestanden für die Phobie-Heilung. Johanna hatte ein Tierchen einsammeln und es in die Ecke legen wollen, damit Nora es sah. Doch das brauchte sie ja jetzt gar nicht mehr zu tun, Spinnen gab es hier drinnen anscheinend sowieso. Nora musste diese Angstkrankheit irgendwie in den Griff bekommen. Es war ja furchtbar, wie sie auf eine harmlose Spinnen reagierte. Nora hatte ja noch schlimmer Angst als Jacky, ihre Schwester, Johanna und Franzi zusammen. Der erste Teil der Heilung war also schiefgelaufen. Ein nächster Plan war fällig. Und zwar ein Guter!

„Mein Gott, hatte ich Schiss!“, gestand Nora den anderen zehn Minuten später. Natürlich wussten das schon alle. Das war ja auch nicht gerade zu übersehen gewesen.

„Nicht nur wegen der Spinne“, redete sie weiter, „auch bei dem Hexenhaus. Ich habe für einen Moment lang wirklich an Hexen und Geister geglaubt. Gruselig, echt!“

„Ich ja auch. Aber es war mal ein Abenteuer!“, wandte Franzi ein.

Ihre Freundinnen nickten zustimmend. Als Juliette vorgeschlagen hatte, dass sie ein paar Seiten im Bandenbuch fertigstellen könnten, waren die Mädchen nach oben gegangen und waren gerade dabei, einige Seiten in dem Buch der Bande zu beschriften.

Da fragte Johanna plötzlich: „Sag mal, Franzi, du hast uns doch bei diesem Talentwettbewerb angemeldet. Was bitte sollen wir denn da singen?“

Franzi zuckte mit den Schultern. Dann fiel ihr ein: „Vielleicht dieser Song von Zaz. ‚Je veux‘, also ‚Ich will‘ heißt der Song.“

„Oder wie wär‘s mit diesem neuen Lovesong von Sarah Connor?“, erkundigte sich Jacky.

„Na, dich hat‘s ja voll erwischt! Love, love, love! Dir tanzen ja schon Herzchen aus deinen Pupillen! Jacky and Philipp. Philipp and Jacky!“, machte sich Johanna lustig.

Die anderen kicherten – nicht mehr lange. Denn Jacky hatte sich ein Kissen geschnappt und warf es jetzt nach Franzi. Die knallte es Juliette unsanft an den Kopf. Prustend vor Lachen schoss sie das Kissen mitten durch den Raum wieder zurück. Diesmal in Noras Richtung. Schließlich veranstalteten die Mädchen eine wilde Kissenschlacht, die damit endete, dass alle erschöpft und völlig außer Atem die Leiter runterkletterten, um ihren Durst zu stillen. Jacky, Juliette, Nora, Johanna und Franzi grinsten sich an. Dann griff Johanna zur Teekanne. Der Tee war jetzt zwar schon kalt, allerdings war sowieso nicht mehr viel drin. Es reichte gerade noch für eine Tasse, die sich Johanna einschenkte. Die Bande hatte vor der Nachtwanderung alle Sachen in die Hütte hereingeholt, damit keine Spinnen oder Motten dran kamen. Fast alles war schon aufgegessen. Auf einmal fing Nora an zu gähnen.

„Bist du etwa schon müde? Es ist doch erst halb zwölf!“, fragte Juliette ihre Freundin in einem etwas vorwurfsvollen Unterton.

„Quatsch! War nur ein Witz!“, versicherte Nora, „Ich hab nämlich was Besseres vor, als jetzt zu schlafen ...“

Beauty and Party

Zehn Minuten später lackierten und feilten sich die Freundinnen gegenseitig die Fingernägel. Nora hatte ihr gesamtes Beauty-Case dabei. Darin waren unter anderem mindestens 25 verschiedene Nagellackfläschchen, sowie zwei Feilen, eine Haarbürste und Taschenspiegel. Das hätten die Zwillingsschwestern nie von Nora gedacht! Vor allem, weil Jacky doch bislang immer die Expertin in Sachen Mode und Beauty war. Dass Nora sich überhaupt die Nägel lackieren durfte, hatte die Freundinnen schon schwer gewundert, da Frau Kauz doch so streng war. Bestimmt wusste sie nichts davon ... Aber Jacky, Juliette, Johanna und Franzi würden natürlich dicht halten.

„Wir schweigen wie ein Pfefferminzblatt!“, sagte Franzi immer.

Und dann sollte man wirklich still sein, wenn man so etwas sagt. Denn wie jedes Kindergartenkind wusste, konnten weder Pfefferminzblätter noch irgendwelche anderen Pflanzen oder Gegenstände sowie Tiere etwas ausplaudern. Deshalb vertraute Nora auch ihrem Tagebuch ihre Geheimnisse an. Genau wie ihrem Stoffschwein. Sie brauchte es zwar schon lange nicht mehr zum Einschlafen, aber sie wollte es auch nicht weggeben.

„So, das sieht doch perfekt aus!", stellte Johanna fest. Sie hatte Nora auf einen ihrer Nägel ein kleines Nageltattoo in Form von einer kleinen schwarzen Blume aufgeklebt. Vorher hatte sie noch auf alle Nägel zur einen Hälfte fliederfarbenen und zur anderen Hälfte lilafarbenen Nagellack aufgetragen und die beiden Farben dann an der Grenze mit einem Schaschlikspieß, den sie in einer Schublade gefunden hatte, kunstvoll in Wellenmustern vermischt. Das sah richtig professionell aus, fand Johanna und betrachtete ihr Kunstwerk entzückt.

„Wisst ihr noch, als wir letztes Jahr bei Nora den Beauty-Nachmittag veranstaltet haben?", fing Franzi an zu erzählen. „Wir haben uns Gesichtsmasken mit zerdrückten Bananen und auch mit Kakaopulver und ein bisschen Wasser zusammengemischt und sie uns dann gegenseitig ins Gesicht geschmiert. Das gab ein bisschen Schweinerei. Vor allem in meinem Rucksack, in dem der halbe Inhalt der Kakaopulver-Packung später lag und alles damit versaut war!"

Franzi lachte bei dem Gedanken daran.

„Stimmt. Meine Mutter hatte doch damals erst nach langem Gerede die Banane für unsere Maske geopfert. Das war was! Und dann, als unsere Gesichter braun von der Maske waren, kam ausgerechnet in dem Moment mein Bruder mit seinem Kumpel kurz ins Bad und hat sich über uns lustig gemacht!", ergänzte Nora.

„Und wisst ihr noch, wir haben auch ein Dampfbad gemacht. Danach war unsere Haut doch so schön weich. Herrlich, dieses ganze Beauty-Zeugs!", vervollständigte

Jacky das Ganze und zupfte ihren smarten Stufenrock zurecht.

Alle fünf hatten sie den Nachmittag zum Greifen nahe noch einmal vor sich. Ja, sie, **Die Peppermints**, hatten schon viele tolle Dinge zusammen erlebt und gemacht. Sie seufzten im Chor.

„Ach, ja, die alten Zeiten ...“, schwärmte Jacky.

Dann schlug sie sich mit der Hand vor den Kopf. Als wären sie schon 40! Was redete sie denn für einen Schwachsinn! Diese Kino-Verabredung mit Philipp hatte sie völlig verwirrt. Sie versuchte, sie für den ganzen Abend aus ihrem Gedächtnis zu streichen. Jetzt wollte sie nämlich mit ihren Freundinnen Spaß haben! Und zwar nur mit ihren Freundinnen und sonst niemandem!

Als die Mädchen mit dem Beautyteil fertig waren, war es bereits nach Mitternacht. Der Mitternachtsschmaus war vollendet, die Bäuche wieder voll. Die Freundinnen lagen unten auf dem Sofa. Jetzt, nachdem Juliette wieder Holz nachgelegt hatte und sich alle der Langeweile näherten, hatte Franzi die rettende Idee: „Wie wär‘s, wenn wir tanzen? Wir haben zwar keine Musik, aber wir können doch singen!“

„Muss das sein? Du bist doch die einzige von uns, die überhaupt richtig gut singen kann!“, maulte Jacky.

Doch dann sangen die fünf einfach drauflos. Egal, wie falsch es war. Und so schlimm war es gar nicht. Es machte einfach richtig Spaß! Jacky, Juliette, Nora, Johanna und Franzi tanzten wild zu ihrem eigenen Gesang, bis sie sich nass geschwitzt und ausgepowert auf den Boden fallen ließen. So eine Party kostete doch ganz schön viel Energie. Aber es lohnte sich! Und wie!

Gegen 1.00 Uhr lag die Bande auf ihren Matratzen. Als Johanna noch einmal Feuer nachgelegt hatte, damit es nicht kalt wurde, hatte sie das Russischbrot von unten mitgebracht. Die Mädchen aßen, spielten und erzählten abwechselnd Witze. Sie redeten über den Talentwettbewerb und über Jacky und Philipp, griffen alle zehn Sekunden nacheinander in die Tüten mit Süßigkeiten, stopften sich die Dickmacher in den Mund und spielten Lichttreten. Das Spiel hatten sie soeben selbst erfunden. Eine von ihnen bekam eine Taschenlampe, mit der sie an die Decke leuchtete. Die Decke war so niedrig, dass man mit den Füßen locker dran kam, wenn man sich auf seine Matratze legte. Also musste man nach dem Licht an der Decke treten. Wer den Strahl der Taschenlampe erwischte, bekam die Taschenlampe. So einfach war das!

Im Moment hatte Nora die Taschenlampe. Sie bewegte diese so, dass der Lichtkegel an der Wand war, wo natürlich so schnell niemand dran kam. Als Franzi bei der Wand war und nach dem Licht treten wollte, bewegte Nora die Taschenlampe schnell in die andere Richtung.

„Ganz schön raffiniert!“, dachte Franzi, während sie beobachtete, dass Nora mit Johanna kichernd die gleiche Nummer abzog.

„Hey!“, lachten Jacky, Juliette und Johanna gleichzeitig, „Das ist unfair!“

Irgendwann erwischte Jacky das Licht doch noch und sie machte weiter. Gegen Viertel nach zwei wurde das Spiel langweilig. Die Mädchen lagen still da und starrten an die Decke, bis Nora murmelte: „Ich muss auf's Klo! Kommt jemand mit?"

Niemand hatte Lust, mit Nora zur Toilette in der anderen Hütte zu gehen. Sie wollten sich jetzt ein bisschen ausruhen.

„Bitte!", flehte Nora fast schon maulend.

„Nein!", kam es im Chor von ihren Freundinnen zurück.

„Aber ich muss mal! Dringend!", jammerte Nora.

„Dann geh allein zur Haupthütte", sagte Johanna genervt.

„Ich hab aber Angst im Dunkeln!", behauptete Nora.

Die anderen glaubten ihr zwar nicht, trotzdem konnte sich Franzi eine dumme Bemerkung nicht verkneifen.

„Schisser!", stichelte Franzi im Halbschlaf.

Nora musste grinsen. Selbst im Schlaf war ihre Freundin nicht auf den Mund gefallen! Doch Franzi schlief gar nicht. Plötzlich schoss sie von ihrer Matratze hoch, stieß sich natürlich den Kopf, rieb ihn sich kurz und erzählte von ihrer Spontanidee, die sie gerade hatte:

„Nora, unten steht ein roter Eimer. Den holst du dir jetzt. Dann kannst du auch gleich noch einmal den Ofen füttern. Und dann stellst du den Eimer hier oben hin. Dort neben das Fenster. Und wenn du aufs Klo musst heute Nacht setzt du dich auf den Eimer und schüttest ihn dann aus dem Fenster. Alles klar?"

Nora war nicht wirklich begeistert. Sie verzog angewidert das Gesicht und fragte: „Muss das sein?!"

„Wenn du deine Blase entleeren willst, schon!“, sagte Juliette bestimmt, die nun plötzlich auch wieder hellwach war.

Die anderen vier nickten Nora überzeugt zu. Sie waren jetzt gespannt darauf, was Nora tun würde. Sie, Nora Kauz, Lieblingsschülerin der Lehrer und Lehrerinnen und das Kind mit den, so fanden ihre Freundinnen insgeheim, fiesesten und strengsten Eltern der Welt. Und deshalb war Nora auch die ärmste Socke der Welt.

„Lieber glücklich und zufrieden sein und gute Noten schreiben, als immer sehr gute Noten schreiben und dafür keine Freiheiten haben und unglücklich sein“, dachte sich Juliette immer, wenn Nora wieder mal eine Eins geschrieben hatte und sie „nur“ eine Zwei oder auch mal eine Drei bekommen hatte.

Murrend kletterte Nora die Leiter hinunter, legte mehrere Holzstücke in den Ofen und kam mit dem leeren Putzeimer wieder die Leiter herauf zu ihren Freundinnen. Schmunzelt schauten diese Nora zu, wie sie den roten Eimer neben das Fenster, zum Glück weit weg von den Matratzen stellte, sich daraufsetzte und ... ihre Blase entleerte. Nora schaute die Mädchen verstört an. Wieso schauten die ihr bei so etwas Privatem zu? Das war nicht gerade toll, auf dem Eimer angestarrt zu werden! Es war total peinlich! Während Nora den Inhalt des Eimers vorsichtig, damit sie nicht die Hüttenwand traf, aus dem Fenster kippte, konnten sich Jacky, Juliette, Johanna und Franzi nicht mehr zurückhalten und prusteten vor Lachen. Meine Güte! Was für eine Idee! Auch Nora konnte nicht mehr lange ernst bleiben und rollte sich, nachdem sie wieder in ihrem Schlafsack lag, auf ihrer Matratze vor Lachen hin und her.

Die Peppermints waren echt ein Phänomen!

Frühsport mit Hindernissen

Am nächsten Morgen gegen 8.00 Uhr waren die Mädchen aufgewacht. Sie hatten nur wenige Stunden geschlafen und gähnten um die Wette. Trotzdem wollte keine zugeben, wie müde sie war.

„So, Leute, also ich gehe jetzt laufen!“, rief die sportliche Johanna von unten und joggte bereits auf der Stelle. Sie hatte gerade Holz nachgelegt, denn im Moment war es eisig kalt in der kleinen Hütte.

„Wir kommen mit!“, posaunte Franzi, schlüpfte in ihre Jogginghose, eine Weste und ihre blauen Sneakers und war schon bei Johanna unten angekommen.

Die Freude über eine lange Runde Laufen war Jacky, Juliette und Nora nicht wirklich anzusehen. Sie maulten und nörgelten ein wenig, doch dann entschieden sie sich doch noch dazu, mitzukommen. Vielleicht würden sie ja noch etwas Aufregendes erleben …

Um 8.30 Uhr liefen die Freundinnen durch den Wald an Wiesen und Feldern vorbei. Vor einem ziemlich breiten Bach angekommen, blieben sie stehen.

„Wie stellst du dir denn das jetzt vor, Johanna Engel, wie wir da rüberkommen sollen?“, fragte Jacky schnippisch.

Johanna antwortete gar nicht. Sie sprang auf einen großen Stein im Bach und von dort aus auf den Nächsten. Das tat sie so lange, bis sie auf der anderen Seite des Baches angekommen war. Erstaunt blickte Juliette ihre Freundin an. So etwas kannten sie bis jetzt nur aus Feen- und Elfenbüchern und aus anderen Fantasiegeschichten von früher. Schließlich machten sie es Johanna trotzdem nacheinander nach. Als alle bei Johanna auf der anderen Bachseite angekommen waren, grinste diese. Ihre niedlichen Sommersprossen auf ihren Wangen schienen sich in den letzten Wochen mindestens verdoppelt zu haben.

„So stelle ich mir das vor, Mädels!“, rief sie. Und dann lief sie auch schon weiter. Nora keuchte schon nach den nächsten hundert Metern und auch die Zwillingsschwestern waren schon am Ende ihrer Kräfte. Johanna war einfach total durchtrainiert. Sie machte auch mindestens fünf bis sechs Mal in der Woche Sport. Sie ging reiten und dann auch noch zum Basketball. Sie fuhr Inlineskates und im Winter Ski und Snowboard. Klar, dass auf ihrem Zeugnis neben dem Wort „Sport“ immer eine Eins prangte.

Jacky, ihre Schwester und Nora blieben stehen, während die anderen beiden weiterliefen. Einige Meter weiter drehten sich Johanna und Franzi auf der Stelle laufend um und stöhnten. Das hätten sie sich ja gleich denken können, dass die drei schlappmachten.

„Los, weiter! Gleich habt ihr‘s geschafft! Ist gar nicht mehr weit!“, spornte Franzi Jacky, Juliette und Nora lauthals an. Selbst die Pferde auf der Weide neben Johanna und Franzi erschraken und blieben erstarrt stehen.

„Ups …“, murmelte Franzi und schlug sich mit der Hand vor den Mund. Doch es hatte gewirkt. Zwei Minuten später trafen endlich die anderen drei ein.

„Man, seid ihr lahm!“, warf Johanna ihnen vor.

Beleidigt liefen Jacky, Juliette und Nora langsam weiter. So hatte Johanna sich den morgendlichen Lauf wirklich nicht vorgestellt!

Zwanzig Minuten später liefen die Mädchen an dem Supermarkt vorbei, in dem sie gestern eingekauft hatten. Sie mussten wegen der Zwillinge und Nora öfter mal anhalten. Na ja, Franzi hatte ein wenig untertrieben. Es waren selbst von hier aus noch mindestens zwei bis drei Kilometer bis zur Hütte. Nora blieb stehen und atmete schwer. O nein, jetzt fing das wieder mit dieser bescheuerten Atemnot an! Nicht das noch! Sie war aber auch wirklich geplagt mit allem!

„Was ist denn mit dir los?“, fragte Juliette besorgt.

Nora bekam noch mit, wie Johanna kreischte, dann hörte und sah sie gar nichts mehr.

Wie aus weiter Ferne nahm sie einige Minuten später Juliettes Stimme war: „Wir brauchen einen Notarzt!“

„Nora, kannst du mich hören?“

„Wach auf! Nora, wach auf!“, riefen verschiedene Leute.

„Ich kann ihren Puls fühlen! Sie ist nicht tot!“, sagte Franzi mit einem Funken Hoffnung in der Stimme.

Irgendjemand fummelte in Noras Gesicht herum und irgendetwas kitzelte in Noras Nase. Plötzlich musste sie niesen und schlug die Augen auf. Um sie herum standen Jacky, Juliette, Johanna und Franzi. Ihre besten Freundinnen. Sie starrten sie erschrocken an.

„Sie lebt, sie lebt!“, jubelte Johanna plötzlich drauflos.

„Was ist … passiert?“, fragte Nora verwirrt. Es hörte sich verschlafen und lahm an. Sie konnte sich an nichts mehr erinnern.

„Wir waren laufen und auf einmal bist du umgekippt und hast bewusstlos auf dem Boden gelegen. Mann, wir haben uns vielleicht Sorgen gemacht!“, erklärte Franzi ihrer Freundin ruhig.

Nora lag immer noch auf dem Boden. Sie schüttelte den Kopf.

„Ich hab keine Luft mehr bekommen. Atemnot. Kann mir jemand hochhelfen?“, sagte sie tonlos.

Jacky und Juliette packten die federleichte Nora an den Armen und konnten sie so problemlos hochziehen.

„Du hast uns einen ganz schönen Schrecken eingejagt!“, murmelte Jacky.

Nora lächelte schwach.

„Sorry!“, entschuldigte sie sich.

„Ist dir so etwas schon öfter mal passiert? Also, dass du umgekippt bist?“, fragte Jacky fachmännisch.

„Ja, schon zwei Mal. Einmal in der Grundschule beim Sportfest und dann einmal bei meiner Oma. Da war ich neun Jahre alt und bin ziemlich lange auf dem Trampolin herumgehüpft“, berichtete Nora.

„Du hast dich jedes Mal überanstrengt!“, fiel Franzi auf.

Nora zuckte mit den Schultern. Dann fasste sie sich an den Kopf.

„Aua“, stöhnte sie.

Erst jetzt war ihr bewusst geworden, dass sie ordentlich auf den Kopf gefallen war und dass der nun schmerzte.

„Hoffentlich hast du keine Gehirnerschütterung! Tut‘s sehr weh?“, sorgte sich Juliette wieder.

„Geht schon“, meinte Nora tapfer.

Sie machte sich, gestützt von Johanna und Franzi und im Schlepptau Jacky und Juliette zur Hütte auf. Aber bis sie dort ankamen, konnte es noch ein Weilchen dauern.

„Ich glaube, wir sollten uns ein wenig beeilen!“, riet Jacky den anderen. „Der Himmel ist ganz schwarz und ich hab schon die ersten Regentropfen abgekriegt!“

„Toll, und was ist mit Nora? Sie kann jetzt nicht laufen!“, erinnerte Franzi sie und deutete auf diese.

Da schütette es auch schon los. In Sekundenschnelle fielen dicke schwere Regentropfen auf die Erde. Johanna überlegte nicht lange. Sie setzte sich Nora, die daraufhin anfing zu kreischen, auf den Rücken und lief mit den anderen in Richtung Hütte davon.

Eine Viertelstunde später kamen die Freundinnen pitschnass an der Haupthütte an. Eigentlich hätten sie schon vor einer halben Stunde hier sein müssen, weil Herr Engel sie zum Frühstück erwartet hatte, aber das war ihnen vorhin egal gewesen. Sie hatten andere Probleme gehabt. Von dem kleinen Zwischenfall mit Nora erzählten sie Johannas Vater lieber nichts, bevor der sie noch rund um die Uhr bewachen wollte und sie keine Sekunde mehr aus den Augen ließ.

Endlich saßen Jacky, Juliette, Nora, Johanna und Franzi am Frühstückstisch. Herr Engel hantierte in der küchenähnlichen kleinen Ecke des Raumes, in dem die Mädchen frühstückten. Die „Küche" bestand aus einem Spülbecken, einer Fensterbank und einer kleinen Ablage.

Franzi ging zum Ofen hin, auf dem die Brötchen lagen, die sie am Tag zuvor gekauft hatten. Jetzt waren die Brötchen wie frisch gebacken, so knusprig.

Franzi legte die Brötchen in einen kleinen Korb und servierte ihn ihren Freundinnen.

„Et voilà!", grinste sie.

Während sich jede ihr Brötchen schmierte, setzte sich Herr Engel zwischen seine Tochter und Jacky auf einen Stuhl. Die anderen saßen auf einer Sitzbank, auf der kleine bunte Kissen lagen. Johannas Vater versuchte, noch einmal mit Jacky und Juliette über das Ferienhaus in Amerika zu plaudern. Dieses Mal lenkte Jacky die komplette Aufmerksamkeit geschickt auf Nora.

„Ja, wissen Sie, Nora hat auch so ein Ferienhaus. In der Schweiz, nicht wahr?", fing Jacky an.

Herr Engel war sichtlich interessiert und löcherte Nora gleich mit Fragen. Jacky und Juliette kicherten.

„Das hat meine Schwester ja wieder mal toll hingekriegt!", dachte Juliette grinsend. Und sie meinte es nicht ironisch!

Operation Phobie-Heilung II

Nachdem sich die Freundinnen gewaschen und sich die Zähne geputzt hatten, war das Wetter umgeschlagen. Die Sonne schien wieder und das Thermometer kletterte zügig auf zwanzig Grad Celsius. Die Mädchen saßen auf der großen Wiese vor den Hütten auf einer Picknickdecke. Sie hielten ihre Gesichter in die herrliche Sonne und entspannten sich. Um sie herum war alles ganz still. Nur die Vögel zwitscherten und alle drei Stunden war mal ein Auto zu hören, das über den Schotterweg bretterte. Und das Rauschen des Baches hörte man natürlich auch.

Noras Kopf ging es etwas besser. Sie hatte nun eine fette Beule am Hinterkopf und noch ein paar kleine Schrammen daneben, aber sonst war alles völlig in Ordnung. Solange sie bei ihren Freundinnen war … Nora graute es schon davor, nach Hause zu fahren. Es war so schön hier.

Zu Hause musste sie wieder von morgens bis abends lernen. Manchmal hasste Nora ihre Mutter. Sie bestimmte ständig über sie, meckerte an allem herum, was nichts mit der Schule zu tun hatte, und passte auf, dass Nora ihre Zeit nicht mit unwichtigen Dingen wie Bandentreffen vergeudete. Nora hatte länger als eine Woche gebraucht, um ihre Mutter zu überreden, dass sie mit nach Neuhütten durfte. Sie hatte ihr sogar vorlügen müssen, dass sie hier auch für die Schule lernten. Sonst hätte sie zu Hause bleiben müssen.

„My mother is a dragon", schoss es ihr manchmal durch den Kopf. Sie wusste, dass ihre Mutter wollte, dass sie ihren Status als Klassenbeste behielt. Sie trainierte mit ihr sogar für Sport. Und wehe die unsportliche Nora brachte mal eine Vier in Sport mit nach Hause. Dann machte Frau Kauz ihrer Tochter das Leben zur Hölle! Ihr Vater war ja nicht so schlimm. Nora fand, dass die Eltern ihrer Freundinnen viel lockerer drauf waren als ihre Mutter. Und manchmal beneidete sie Jacky, Juliette, Johanna und Franzi um ihre coolen Mütter. Na gut, Frau Strawbrown war Literatur-Professorin an der Uni und auch nicht so locker drauf. Aber Johannas und Franzis Mütter erlaubten so ziemlich alles. Die waren einfach cool, fand sie. Frau Kauz sollte sich mal eine Scheibe von denen abschneiden!

Nora zog ihre Schuhe aus. Mit dem Klettverschluss ihrer Schuhe zerstörte sie die himmlische Stille und erntete ein paar leicht verärgerte Blicke ihrer Freundinnen. Nora entschuldigte sich mit einem schuldbewussten Blick und ging zur Hütte der Mädchen, um ihr Buch zu holen. Jetzt, wo anscheinend sowieso niemand etwas erzählen wollte, war doch der perfekte Zeitpunkt, um zu lesen! Denn Bücher verschlang Nora wie andere Leute Gummibärchen!

Als Nora außer Hörweite war, blinzelten alle ins grelle Sonnenlicht. Sie hatten ihre Augen die ganze Zeit geschlossen gehabt und ein wenig vor sich hingedöst.

Johanna erklärte ihren Plan: „Okay, Leute. Das ist ein guter Zeitpunkt, um das Unternehmen ‚Phobie-Heilung Nora' fortzusetzen. Ich hab eine Idee. Sie hat doch ihre Schuhe hiergelassen …"

Alle waren damit einverstanden. Bald würde Nora sicherlich keine Angst mehr vor harmlosen Spinnen haben. Sie würde sich langsam an sie gewöhnen. Darauf hatten sich Jacky, Juliette, Johanna und Franzi geeinigt. Auch wenn Juliette daran zweifelte, dass der Plan funktionierte …

Als Nora wieder zurück war, wunderte sie sich darüber, dass nun alle wieder wach waren. Dann konnte sie das mit dem Lesen ja jetzt wohl vergessen. Sehnsüchtig seufzend legte sie das Buch auf die Wiese.

Noras Blick streifte ihre Schuhe, als sie sich wieder zu ihren Freundinnen umdrehen wollte. In ihrem rechten Schuh saß eine Spinne! Genau wie am vorigen Tag sprang sie auf und kreischte hysterisch. Sie rannte über die Wiese und hatte plötzlich ungewöhnlich viel Energie. Franzi hielt sich die Ohren zu. Sie hatte viel Geduld, doch allmählich war ihr Geduldsfaden am Reißen. Sie ging, wie es geplant war, schnurstracks auf Nora zu, packte sie am Arm und rief: „Jetzt stell' dich aber mal bitte nicht so an, meine Liebe! Du machst jetzt diese Spinne aus deinem Schuh! Wir haben die Spinne von gestern schon entsorgt. Und vergiss deine blöde Spinnen-Phobie! Das nervt!"

Nora war wütend. Aus ihren Augen sprühten Funken, aber ganz bestimmt nicht vor Freude.

„Was kann ich denn für diese Scheiß-Phobie, he?“, schrie sie Franzi an.

Franzi wich überrascht einen Schritt zurück. So sauer hatte sie Nora noch nie gesehen. Nora konnte ja auch nicht wissen, dass das zum eigentlich fiesen Plan gehörte. Alles lief wie am Schnürchen. Nora wollte sich vor ihren Freundinnen nicht lächerlich machen, aber sie wollte auch diese Spinne aus ihrem Schuh raushaben. Also ging sie, so viel Angst sie auch hatte, auf ihre Schuhe zu, griff nach dem, in dem die eklige dicke Spinne saß und schüttelte den Schuh aus. Nur leider so, dass die Spinne direkt auf ihr Knie fiel.

Das war nicht so geplant gewesen. Jetzt kreischte Nora wieder hysterisch, sodass Herr Engel aus der Haupthütte kam und von der Terrasse aus fragte, was denn los sei. Für einen Moment war Nora still. Was jetzt?

„Ääh ... wir üben ... für die Theater-AG, Herr Engel!“, log Jacky.

Johannas Vater schluckte die Ausrede jedoch, nickte ein wenig irritiert und verschwand wieder in der Hütte.

Gleich darauf war die Stille wieder vorbei und Nora kreischte weiter. Irgendwann musste sie sich selbst lächerlich vorkommen, denn sie hörte auf zu schreien. Sie schüttelte, als ob sie über sich selbst entsetzt wäre den Kopf und dann ihr Bein, sodass die Spinne ins Gras fiel.

„Ist doch nur eine Spinne!“, sagte sie, als ob sie sich selbst Mut machen wollte, „Nur ein kleines Tier, was viel kleiner ist als ich und doppelt so viel Angst vor mir hat, wie ich vor ihm!“

Die anderen nickten ihr mit dem „Gut-das-du's-endlich-kapiert-hast-Blick“ zu. Ihr Plan war aufgegangen!

Als Nora gerade der Spinne zusah, wie sie auf die Picknickdecke krabbelte, klatschten sich Jacky, Juliette, Johanna und Franzi so leise wie möglich ab.

„Nur ein Tier“, wiederholte Nora noch einmal und ließ die Spinne, die eigentlich doch gar nicht so dick war, auf ihre Hand krabbeln. Über ihren Ellbogen bis zum Arm und weiter bis ... Nein, das reichte Nora erst einmal. Jetzt hatte sie die Spinne weit genug gelassen. Sie schnipste sie mit ihren Fingern weg zurück auf die Wiese, wo die Spinne sich dann zwischen den Grashalmen verkroch. Nora atmete erleichtert auf.

„Ich glaube sie ist weg ...“, seufzte sie.

„Ja, du hast die Spinne ja auch weggeschnipst!“, wand Juliette ein.

„Ich meine doch nicht die Spinne!“, erklärte Nora.

„Sondern?“, fragte Johanna neugierig.

„Na die Phobie!“, rief Nora glücklich. „Sie ist weg! Aber ich glaube, ich habe jetzt doch genug Spinnen gesehen.“

Franzi schlich sich hinter Nora und ließ ihre Finger über Noras Rücken laufen.

„Iiih, eine Spinne!“, wollte Nora schon wieder kreischen, doch sie erinnerte sich an den Satz „Ist doch nur ein kleines Tier“ und wollte nach der Spinne auf ihrem Rücken greifen. Doch statt der Spinne erwischte sie Franzis Hand.

„Hey, du hast mich verar ...“, fing Nora an.

Doch statt weiterzureden, rollte sie mit den anderen lachend die hügelige Wiese herunter.

„Ihr seid fies“, fiel ihr unten angekommen wieder ein.

Zu fünft lagen die Mädchen nun dort auf der Wiese. Neben dem rauschenden Bach, unter dem Schatten der Bäume. Durch die nicht ganz so dichte Baumkrone konnte man ein bisschen vom strahlend blauen Himmel sehen. Nach dem kleinen Regenschauer war keine einzige Wolke mehr am Himmel zu sehen gewesen.

„Ja, ich weiß. Wir sind fies!“, bedauerte Franzi gespielt verzweifelt und nickte dabei bestätigend mit einem leidenden Gesichtsausdruck, mit dem sie Nora nachmachte. Nora stupste sie kichernd an. Franzi war unmöglich!

„Ich glaube, du hattest gar keine richtige Phobie, sondern hast dir das nur eingebildet! So schnell kann man keine normalen Phobien heilen! Wahrscheinlich hattest du einfach nur richtig Angst vor Spinnen!“, meinte Johanna.

„Stimmt. Wahrscheinlich hast du recht. Aber große Angst hatte ich wirklich! Das habe ich mir nicht eingebildet!“, meinte Nora nachdenklich.

Das Vogelgezwitscher wurde von einer wohlbekannten Melodie unterbrochen. Dem Bandensong! Nora lächelte entschuldigend, während sie ihr Handy aus der Hosentasche ihrer Jeans zog. Sie trug Jeans, wie immer. Nora trug fast nur Jeans. Sie kleidete sich schlicht und trist.

So wie auch ihr Leben eigentlich war, wie Jacky vermutete: Traurig, voller Stress mit den Eltern. Erst neulich hatte Nora wieder geweint, weil sie vor der Hausaufgabenüberprüfung in Biologie Angst hatte, eine Drei zu schreiben. Sie hatte geweint und gesagt, dass ihre Mutter zu Hause wieder Stress gemacht hatte. Jacky hatte die Szene wieder ganz real vor sich und plötzlich tat Nora ihr wieder leid. Eigentlich war sie doch wirklich eine arme Socke!

Jetzt kam Nora wieder auf ihre Freundinnen zu und setzte sich ins Gras.

„War das deine Mutter?", fragte Juliette neugierig. Sie rupfte ein paar Grashalme aus und ließ sie gleich darauf wieder auf den Boden fallen.

„So was macht man nicht, Juliette!", ermahnte Nora sie.

„Ach, Nora, wenn du dir doch wenigstens am Wochenende deine schlauen Sprüche sparen könntest ...", dachte Juliette genervt und verdrehte die Augen.

Manchmal konnte einem Noras Besserwisserei und ihre Wohlerzogenheit echt auf den Senkel gehen! Juliette versuchte trotzdem, ihrer Freundin zuliebe möglichst locker zu bleiben. Immerhin hatte sie zu Hause genug Stress.

Juliette seufzte artig: „Ja, mach ich ..."

Dann würde Nora endlich Ruhe geben, vermutete sie und so war es auch.

„Und ja: Es war Mama. Sie hat gefragt, ob alles in Ordnung ist und ob sich auch niemand verletzt hat oder so. Sie kommt mich in dreieinhalb Stunden abholen. Ich soll bis dahin alle meine Sachen gepackt haben und ja nichts vergessen. Genug gehört?", erzählte Nora.

Aus den Gesichtern der anderen konnte sie ablesen: „Das war ja klar!"

„Dafür ist deine *Mum* ja bekannt", knurrte Jacky.

Nora wickelte sich schuldbewusst eine ihrer dunklen, fast schwarzen Haarsträhnen um den Finger.

„Ach, Sorry! Wir sagen immer *Mum*, aber in Deutschland heißt es ja anders. Ich bin noch von den Ferien immer noch ans Amerikanische gewöhnt!", redete Juliette auflachend weiter.

Vielleicht war es doch nicht so klug von ihr gewesen, etwas über Noras Mutter zu sagen. Jetzt war die Stimmung höchstwahrscheinlich wieder im Keller. Das war ja immer so, wenn man das Thema „Frau Kauz" ansprach.

Alle dachten an die Inlinertour, die sie Anfang des fünften Schuljahres unternommen hatten. Frau Kauz hatte unbedingt dabei sein wollen. „Falls sich jemand verletzt", hatte sie gesagt. Auf dem Rücken hatte sie die ganze Tour über einen schweren Rucksack dabeigehabt, den jede einmal tragen musste. In dem Rucksack war ein riesiges Erste-Hilfe-Set gewesen. Während der Tour hatte Frau Kauz immer das Schlusslicht gebildet, sodass alle auf sie warten mussten. Und beim Picknick gab es dann statt Keksen und Pfefferminztee nur Obst und Wasser. Frau Kauz hatte nämlich Noras Rucksack heimlich „umgepackt". Das war die blödeste Inlinertour gewesen, die die Bande je unternommen hatte. Und seitdem war Frau Kauz bei Noras Freundinnen recht unbeliebt.

„Musst du in dreieinhalb Stunden echt schon gehen? Wir bleiben doch auch noch hier!", hakte Franzi nach.

„Mama hat gesprochen!“, witzelte Nora, doch aus welchem Grund auch immer lachte keiner darüber. Was war das denn für eine Stimmung? Jetzt wurde es aber mal wirklich Zeit für Ablenkung! So viel war Nora klar.

Alles hat ein Ende ...

Und so ging auch das Wochenende in Neuhütten einmal vorbei. Klar, dass Nora mit „Ablenkung“ zu diesem Anlass an Aufräumen, beziehungsweise Sachenpacken gedacht hatte. Denn gleich nach dem Essen würde ihre übervorsichtige, nervende Mutter sie abholen kommen. Von Noras Vorschlag, aufzuräumen und die Sachen zu packen, waren weder Jacky oder Juliette noch Johanna und Franzi begeistert. Aber das musste schließlich sein und deshalb machten sich die Mädchen eine halbe Stunde später ans Packen.

„Alles geht einmal vorüber!“, murmelte Jacky, während sie ihren Schlafsack zusammenrollte und ihn dann in die dafür vorgesehene Hülle stopften wollte.

„Kann mir mal bitte jemand helfen?“, stöhnte sie. „Dieser Schlafsack passt da nicht rein!“

Das war wieder einmal ein Fall für Nora, die Ordnungs- und Aufräumexpertin vom Dienst. Mit wenigen Handgriffen hatte sie Jackys Schlafsack ordentlich zusammengerollt in die enge Hülle bugsiert.

„Das ist doch keine Schwierigkeit!“, meinte Nora dabei etwas oberflächlich. Und damit war sie selbst schuld, dass sie zum Schluss alle Schlafsäcke einpacken durfte.

„So kann‘s gehen!“, lächelte Franzi frech.

Manchmal sollte man einfach besser den Mund halten!

Gegen halb zwei saßen Jacky, Juliette, Nora, Johanna und Franzi auf der Terrasse der Haupthütte. Es war sehr warm. Herr Engel stand am Grill und wendete die Würstchen und die Schwenkbraten.

„Das ist das erste Mal, dass ich in diesem Jahr grille!“, fiel Johanna auf.

„Bis jetzt war das Wetter für Anfang Frühling ja auch noch nicht ganz so toll“, konterte Juliette.

Es war immer blöd, wenn Erwachsene neben einem standen, fand Nora, dann konnte man nie so offen mit seine Freundinnen reden, weil es einem meistens peinlich war oder so ähnlich. Deshalb wussten weder sie noch die anderen, was sie sagen sollten. Doch plötzlich schien Franzi ein Gesprächsthema einzufallen.

„Was ist denn jetzt mit deinem Philipp? Du gehst doch mit ihm ins Kino, oder?“, wollte sie neugierig von Jacky wissen.

Ein Lächeln huschte über Herrn Engels Gesicht. Er stand immer noch am Grill. Jacky jedoch wurde rot.

„Ja, natürlich geht sie hin! Das war doch so vereinbart!“, sprach Juliette für ihre Schwester bestimmt.

Jacky nickte daraufhin nur. Philipp ... Wollte sie den nicht erst mal vergessen? Obwohl Jacky es nicht wollte, sah sie seine Locken vor sich, sein Lächeln, seinen Blick und seine Hand, in der er eine Schokoladentafel hielt, die er extra für sie gekauft hatte. So war es wirklich gewesen. Letztes Jahr am Valentinstag. Er stand vor Jacky und schenkte ihr die Tafel Schokolade. Sie hätte dahinschmelzen können, als er ihr die Tafel geschenkt hatte. Es wäre eben nur schade um die süße Köstlichkeit gewesen … Eigentlich war Schokolade, also normale Schokolade, nicht etwa herzförmige oder so, auch ein untypisches Geschenk zum Valentinstag. Aber er hätte Jacky ja nicht direkt eine Rose schenken können. Denn erstens war sie ja nicht mit Philipp zusammen und zweitens kannten sie sich zu diesem Zeitpunkt auch noch gar nicht richtig. Philipp war damals mit seinen Eltern gerade erst neben Familie Strawbrown eingezogen. Die Schokolade sollte wahrscheinlich so etwas wie ein kleines Dankeschön für das nette Willkommen sein. Philipp war echt so …

„Erde an Jacky!“, riss sie Franzis Stimme aus den Gedanken.

Jacky schüttelte den Kopf, als ob dann außer ihrem Sommerhut, den sie trug, auch ihre Gedanken an Philipp abfallen würden.

„Was ist denn?“, fragte sie Franzi verstört.

„Willst du lieber ein Käsewürstchen oder ein Normales haben?“, wiederholte Franzi ihre Frage.

„Käsewürstchen“, antwortete Jacky knapp, hob ihren Hut auf und setzte ihn sich wieder auf den Kopf. Sie bekam ihr Essen von Johannas Vater serviert und aß schweigend auf.

„Die hat‘s voll erwischt mit ihrem Phil!“, wisperte Franzi Johanna zu, die daraufhin grinsend nickte. Auch die anderen zwei registrierten Jackys Verhalten. Sie war verknallt in Philipp!

„Meine Schwester …“, seufzte Juliette lächelnd. Als Herr Engel sich an den Tisch setzte, kamen sie nach minutenlangem Schweigen endlich wieder ins Gespräch.

„Johanna! Jetzt mach' mal keine Schweinerei mit dem Ketchup!", schimpfte er, „Und außerdem habe ich doch schon eben gesagt, dass du dir eine Jacke anziehen sollst! Es ist zwar warm in der Sonne, aber im Schatten ist es doch recht kühl. Also hol jetzt bitte deine Jacke!"

„Ich brauche aber keine Jacke! Mir ist warm genug, Papa!", maulte Johanna und machte ein beleidigtes Gesicht.

Ihre Mimik war sehr interessant, fand Juliette, die ihre Freundin genau beobachtete. Erst war sie beleidigt, dann verzog sie die Mundwinkel ganz komisch nach unten und sie sah irgendwie auch angriffslustig aus, später, als ihr Vater damit drohte, ihre Gäste nach Hause zu schicken, wenn sie sich jetzt nicht benehmen würde, wurden ihre Augen zu schmalen Schlitzen und dann konnte Juliette das Gesicht ihrer Freundin nicht mehr sehen, weil diese doch noch ihre Jacke holte.

„Diskutiert ihr auch immer so mit euren Eltern wie meine Johanna?", fragte Herr Engel die Mädchen und wirkte angestrengt.

„Äh ... na j ...", stammelte Nora.

In ihrem Fall eher nicht ... Sie konnte Johanna aber ja schlecht in den Rücken fallen, doch vor Johannas Vater total ungezogen dastehen, wollte sie auch nicht. Also kombinierte sie beides miteinander:

„Das kommt ganz auf meine Laune an! Mal bin ich empfindlich, mal bockig und zickig, mal unbedacht und trampelig oder wann anders entspannt und locker und nichts kann mich aus der Ruhe bringen. So, wie wenn Johanna vom Reitstall zurückkommt!“

Das hatte sie doch schön formuliert, fand Nora und war ein wenig stolz auf sich selbst, während Herr Engel lachte. Doch ganz plötzlich wurde er wieder ernst.

„Ja, aber im Moment geht es Flocke ja nicht so gut mit der Kolik. Der Arzt ist von morgens bis abends da. Und wegen der Kolik kann Johanna Flocke auch nicht reiten und darf eben auch nicht so oft dort sein. Flocke braucht laut dem Tierarzt viel Ruhe. Das ist schlimm für Johanna. Ihr wisst ja, wie sie mit ihrem Pony mitfühlt ...“, berichtete Herr Engel.

Jacky, Juliette, Nora und Franzi sahen sich fassungslos an. Warum hatte Johanna ihnen das nicht gesagt? Sie erzählten sich doch sonst auch immer alles! Tat es ihr zu weh, auszusprechen, dass es ihrem Pferd sehr schlecht ging und es vielleicht sogar in Lebensgefahr war? Wollte sie nicht bemitleidet werden? Oder hatte sie vielleicht einfach keine Lust, mit ihren Freundinnen darüber zu sprechen?

Da kam Johanna auch schon wieder. Sie hatte jetzt brav eine grüne Jacke angezogen und kam auf den Esstisch zu, an den sie sich nun setzte. Nachdem Herr Engel „Geht doch!“ gemurmelt hatte, verschwand er in der Haupthütte. Franzi wollte Johanna erst vorsichtig auf ihr Pony ansprechen, falls sie empfindlich reagierte, schließlich entschied sie sich aber doch dafür, direkt auf den Punkt zu kommen. Sie redete einfach nicht gern lange um den heißen Brei.

„Warum hast du uns denn nichts gesagt?“, rief Franzi aufgebracht.

„Wie bitte? Was ist denn los?“, fragte Johanna verwundert. Sie wusste überhaupt nicht, wovon ihre beste Freundin redete.

„Flocke hat eine Kolik! Das ist los!“, klärte Franzi Johanna auf.

Franzi stand auf und ging bis zum Grill und dann wieder zum Tisch zurück. Sie musste immer ein Stückchen gehen, um gut nachdenken zu können. Johanna dagegen schaute auf den Boden und scharrte wie ihr Pony mit den Füßen (nur dass Flocke Hufe hatte).

„Entschuldigung! Es … tut mir leid! Ich wollte … es euch ja erzählen. Aber … das ist für mich so schwer … Flocke ist doch mein Ein und Alles!“, schniefte Johanna verzweifelt.

Sie war in Tränen ausgebrochen. Die anderen vier waren auf der Stelle bei ihr und trösteten sie.

„Das war doch auch gar nicht so gemeint von Franzi“, meinte Nora und legte Johanna eine Hand auf die Schulter.

Franzi nickte betroffen. Manchmal sollte sie die Sachen doch ein bisschen behutsamer angehen.

„Komm, das wird schon wieder! Ich habe mal gelesen, dass eine Kolik nur in ganz seltenen Fällen tödlich sein kann! Und das fast alle Pferde danach wieder gesund sind und so …“, versuchte Jacky ihre Freundin zu beruhigen.

Eigentlich wollte Johanna kein Mitleid haben, aber manchmal tat das einfach gut! Und dazu waren doch

Freundinnen schließlich da, oder? Franzi reichte Johanna ein Taschentuch. Sie schnäuzte ein paar Mal hinein und warf es dann vom Tisch aus in Richtung Mülleimer, in den sie dieses Mal nicht hineintraf. Sonst schaffte sie das immer. Hatte das auch was mit Kummer zu tun, dass man nicht mehr leistungsfähig war? Konnte man deshalb vielleicht auch vom Unterricht in der Schule befreit werden? Dann wollte Johanna öfter Schwierigkeiten haben. Aber wenn sie so recht überlegte, war das für Flocke nicht gerade gut.

„Ach, Flocke!“, dachte sie schwer atmend und schon liefen ihr neue Tränen die Wangen hinunter.

„Arme Johanna!“, dachte Juliette. Sie wusste nicht, wie sie ihre Freundin aufheitern könnte. Wenn das nur immer so einfach wäre, zu wissen, was richtig war! Es herrschte erst einmal ein liebevolles Schweigen. Als Johanna wenige Minuten später die Packung Taschentücher von Franzi aufgebraucht hatte, waren ihre Augen ganz verheult. Und sie war ziemlich rot im Gesicht. Sie wirkte müde und erschöpft.

„Wisst ihr, Flocke ist schon 28 Jahre alt. Durchschnittlich werden Ponys … ungefähr 30 bis 35 Jahre alt. Flocke wird bestimmt nicht … mehr lange leben. Und wenn … er jetzt diese Krankheit hat, dann wird seine Lebenszeit erst recht nicht mehr lange dauern! Und … davor hab ich Angst!“, schluchzte Johanna und musste zwischendurch Pausen zum Luftholen einlegen.

„Aber Flocke wird wieder gesund!“, versuchte Nora Johanna zu überzeugen. „Das wird schon! Wir sind bei dir, Johanna! Wenn du reden willst, dann sind wir immer für dich da!“

„Dazu sind Freundinnen doch auch da: Um sich zu helfen und sich zu unterstützen, so gut es geht!“, bekräftigte Jacky.

Ihre Freundinnen sagten das alles so überzeugend, dass Johanna es selbst glaubte und Jacky, Juliette, Nora und Franzi ansah und erleichtert sagte: „Danke! Ihr seid die Besten!“

Dann nahmen sich die Mädchen in die Arme und auf einmal ging es Johanna schon wieder etwas besser!

Zu Hause!

Zwei Tage später, am Dienstagabend, stieg Franzi gerade aus der Badewanne und wickelte ihr Handtuch um sich, als ihr Handy klingelte. Hektisch streifte sie sich ihren Bademantel über und suchte in ihrem Zimmer nach dem Handy, das keine Ruhe gab. Verflixt, wo war das Teil bloß? Da hatte Franzi das Smartphone gefunden und nahm ab.

„Hallo?“, meldete sie sich.

„Hi Franzi! Hier ist Johanna!“, kam es vom anderen Ende.

„Hi! Na, was gibt's?“, fragte Franzi und ging wieder ins Badezimmer zurück.

„Flocke geht es besser! Er ist schon fast wieder kerngesund! Das ist so toll! Kannst du das glauben?“, rief Johanna fröhlich und Franzi könnte wetten, dass Johanna dabei gerade freudestrahlend durch ihr Zimmer hopste.

„Ja, ich glaube es dir! Oh, das freut mich für euch zwei! War das eine Spontanheilung, oder was?“, freute sich Franzi.

„Nee, einfach nur ein guter Arzt! Seit heute Nachmittag kann ich wieder zu Flocke und ab übermorgen darf ich ihn wieder reiten! Das ist so krass!“, sprudelte es aus Johanna heraus.

„Super!“, rief Franzi freudig.

„Was ich dich noch fragen wollte: Kannst du mit mir morgen noch für die Französischarbeit am Freitag üben? Ich hab letztens nur die Hälfte von dem verstanden, was Madame Leroc da gefaselt hat …", fragte Johanna. Franzi ging kurz ihren Terminkalender im Kopf durch. Ballettprobe hatte sie morgen erst abends. Also müsste das gehen.

„Geht klar!", willigte sie deshalb ein. „Morgen nach der Schule und danach noch shoppen in der Stadt mit den anderen?"

„Okay, na dann bis morgen! Ciao!", sagte Johanna.

„Tschüss!", verabschiedete sich Franzi und legte auf. Sie setzte sich auf ihr Bett und nahm aus der Schublade darunter das Schmuckkästchen mit dem doppelten Boden heraus, in dem eine kleine Schachtel war. Sie öffnete die mit Geschenkband zugebundene Schachtel und nahm ein geheimnisvoll aussehendes graues Säckchen, in dem viele echte, wunderschöne, champagnerfarbene Perlen lagen, heraus. Auch dieses Säckchen öffnete sie, wühlte in den Perlen herum und zog einen Schlüssel heraus, mit dem sie ihr Tagebuch öffnete. Sie las sich die letzten Einträge noch einmal durch. Von Neuhütten hatte sie schon alles aufgeschrieben. Nur die Abreise fehlte. Franzi begann zu schreiben:

Nach dem Teetrinken kam Frau Kauz, um Nora abzuholen. Sie schaute, als ob ihre Tochter das noch nicht selbst könnte, nach, ob Nora auch nichts vergessen hatte, begutachtete noch einmal alles und verabschiedete sich, nachdem sie sich bei

Herrn Engel bedankt hatte auch von uns. Dann tuckerte sie mit ihrem altmodischen Mercedes und Nora davon.

Wir durften noch ein bisschen auf den Bäumen herumklettern auf dem Grundstück der Engels. Johanna hat Jacky, Juliette und mir so ein Seil gezeigt, das an einem Baum befestigt war. Wir hängten uns an das Seil, so wie Johanna es uns vorgemacht hatte und ließen uns an dem Seil durch die Luft schwingen wie Tarzan höchstpersönlich.

Schließlich fuhren aber (leider) auch wir.
Das Stück zum Campingplatz durften wir auf der Kofferraum-Klappe sitzen. Danach mussten wir uns aber ins Auto setzen und wir fuhren weiter.

Fünfundzwanzig Minuten später kamen wir mit einer Viertelstunde Verspätung bei Johanna zu Hause an. Dort warteten schon unsere Mütter auf uns, die zusammen an einem Tisch saßen und sich irgendwelche Geschichten erzählten. Dabei war meine Mutter doch noch nie so eine Klatsch - und Tratschtante...

Erst erzählten wir ihnen noch ein bisschen von unserem aufregenden Aufenthalt in Neuhütten, danach bedankten wir uns höflich bei

Johannas Eltern und jede von uns fuhr zu sich nach Hause.

Es war wirklich cool in Neuhütten!
Nein, das war das beste Peppermints-Wochenende überhaupt! Jedenfalls bis jetzt.

Wer weiß, was noch so auf uns zukommt...

Nachhilfe und Abenteuer

Herr Gustavsonn gab gerade die Hausaufgaben auf, als der Gong den Unterricht beendete. Alle Schülerinnen des Gymnasiums stürmten aus ihren Klassen und von dort aus auf den Pausenhof bis zu ihren Bussen. Nur Johanna, Franzi und ein paar vereinzelte Mädchen gingen in die Aula und setzten sich an ein paar der wenigen Tische. Johanna und Franzi packten ihre Collegeblöcke aus.

„So, Johanna, ich habe mir ein paar kleine Sätze ausgedacht, die diktiere ich dir gleich. Dann noch ein paar Grammatikübungen und noch einen Mini-Vokabeltest", zählte Franzi auf. „Womit willst du anfangen?"

Johanna zögerte kurz. Dann antwortete sie: „Mit den Grammatikübungen."

Franzi gab ihr ein selbst zusammengestelltes Arbeitsblatt mit mehreren Aufgaben auf Französisch. Nach zehn Minuten rief Johanna: „Fertig!"

Sie machten weiter mit Sätzen, die Franzi ihr diktierte. Darauf folgte noch ein Vokabeltest und schließlich war es Viertel nach zwei.

„So, ich glaube, wir müssen jetzt los! Jacky, Juliette und Nora warten schon!", stellte Franzi nach einem Blick auf ihr Handy fest.

Wo bleibt ihr denn? Wir warten schon seit zehn Minuten am Imbiss auf euch! 😕

hatte Juliette ihr gesimst. Schnell packten Johanna und Franzi ihre Sachen ein und rannten zum Treffpunkt mit den anderen.

„Ich hab‘ nicht alle Zeit der Welt!“, wurden sie von Nora begrüßt. „Ich konnte Mama noch einmal überreden, nach der Schule mitzudürfen. Aber irgendwann reichen die Ausreden nicht mehr aus, Leute!“

„Hi, Nora! Schön, dass du auch da bist! Was habt ihr so gemacht die ganze Zeit, als ich fleißig für die Französischarbeit gelernt habe, allerdings mit der nettesten Lehrerin der Welt! Und überhaupt: Welche Ausreden?“, flötete Johanna übertrieben freundlich und interessiert.

Nora seufzte, während Jacky und Juliette gleichzeitig „Hi!“ riefen.

„Sorry! Aber ich hatte heute Morgen wieder Stress mit Mama. Sie wollte mir dann doch verbieten, mit euch in die Stadt zu gehen. Aber ich hab‘ ihr noch einmal ausdrücklich vorgelogen, dass wir zusammen für die Französischarbeit lernen und dann hat sie es mir doch erlaubt. Ich darf allerdings nur bis um halb vier. Dann muss ich nach Hause. Na ja, wird schon irgendwie gehen!“, erzählte Nora ausführlich und stöhnte.

Was war das immer für ein Theater! Furchtbar! Wie gut, dass man bei seinen Freundinnen mal alles abladen konnte.

„Aber: Können wir vielleicht jetzt mal was essen? Lernen macht nämlich echt hungrig!“, gab Franzi zu bedenken. Die Mädchen stimmten ihr zu und sie gingen in den Imbiss, vor dem sie bereits standen, und kauften sich Pizzabrötchen.

„Die Brötschen sind escht gut!“, nuschelte Jacky kauend.

Genüsslich biss sie noch einmal in ihr Pizzabrötchen und lächelte dabei. Dann gingen die Freundinnen in Richtung Porta Nigra. Auf dem Weg aßen sie zu Ende und wollten ihre leeren Papiertüten und Servietten in einen Mülleimer werfen.

„Da ist ‘ne Mülltonne!“, meinte Juliette und deutete auf eine Papiertonne. Jacky, Juliette, Nora, Johanna und Franzi wollten ihren Müll gerade in der Tonne versenken, da fiel ihr Blick auf eine Plastiktüte in der Papiertonne. Die Tüte war aufgerissen und heraus schaute ein Stück Stoff. Franzi nahm die Tüte in die Hand und nahm den Inhalt heraus.

„Eine Tasche!“, erkannte Nora. Alle machten große Augen und begutachteten das Prachtstück von außen.

„Wer wirft denn eine Tasche in solch einem guten Zustand einfach weg? Und dann noch in einer aufgerissenen Plastiktüte!“, fragte sich Juliette laut.

Franzi öffnete den Reißverschluss der beigefarbenen modernen Tasche und entdeckte darin eine ganze Menge Dinge, die man niemals so wegwarf.

„Impfpass, Röntgenpass, Portemonnaie, natürlich leer, nur mit ein paar Karten, Schlüsselbund und … ein Ausweis!“, zählte Franzi auf.

„Wie heißt die Frau denn?“, wollte Jacky wissen. „Das müsste ja auf dem Ausweis draufstehen.“

„Helene Bergmann", las Johanna vor. Eine Weile betrachteten die Mädchen das Foto. Die Frau war 34 Jahre alt, hatte schulterlange dunkelbraune Haare, ein ovales Gesicht, grüne Augen und eine schmale Nase. Vom Gesicht her, schätzte Nora, war die Frau relativ dünn.

„Okay, Leute! Eins steht fest: Diese Tasche hier wurde gestohlen!", stellte Jacky klar und schaute in die Runde.

„Wir müssen sofort zur Polizei gehen!", kommandierte Franzi.

„Die nächste Polizeiwache ist zwei Straßen weiter. Also gar nicht weit", wusste Johanna und alle folgten ihr, Juliette mit der Tasche in der Hand. Sie bemühte sich, die Tasche wenigstens am Griff nicht zu fest zu berühren, wegen der Fingerabdrücke.

Fünf Minuten später kamen die Freundinnen bei der Polizeiwache an. Sie betraten den kleinen Eingangsbereich, der von einer Glastür abgetrennt wurde. Dahinter gingen zwei Gänge in verschiedene Richtungen ab und mitten im Raum stand eine große Polizisten-Playmobil-Figur in Größe eines ausgewachsenen Erwachsenen. Links neben den Mädchen saß hinter einer weiteren Glasscheibe eine grauhaarige Frau mit runzeliger Haut und einer Brille auf der Nase, die sie jetzt begrüßte. „Guten Tag! Was kann ich für euch tun?", leierte sie.

Schnell erklärte Franzi die Lage: „Wir haben gerade diese Tasche hier in einer Mülltonne gefunden. Ausweis, Führerschein und mehrere Krankenpässe sind in der Tasche noch drin. Und auch ein Geldbeutel. In dem ist aber kein Geld mehr drin. Die Tasche wurde zu hundert Prozent gestohlen! Und deshalb sind wir hier!"

„Moment, ich melde es dem Kommissar", sagte die Frau hinterm Tresen, ging in das Zimmer dahinter, wechselte mit jemandem ein paar Worte und kam daraufhin wieder.

„Ihr könnt reingehen!", informierte sie die Mädchen, drückte auf einen Knopf, sodass die Glastür surrend aufging und ein Polizist, anscheinend der Kommissar, ging ihnen voran in sein Büro.

„Wagner ist mein Name und ihr habt also diese Tasche in einer Mülltonne gefunden?", fasste Herr Wagner zusammen.

Jacky, Juliette, Nora, Johanna und Franzi nickten bestätigend. Mit klopfendem Herzen folgten die Freundinnen ihm und nahmen im Büro auf den Stühlen Platz. Es war ganz schön aufregend, in dem Büro eines Polizisten zu sitzen ...

Noch einmal erzählte Franzi die Geschichte.

„... und nach einem Blick in die Tasche stellten wir fest, dass noch alles drin war. Überzeugen Sie sich selbst! Dann sind wir hierher gekommen", beendete sie ihren Kurzbericht.

Der Kommissar nickte und legte, nachdem er sich dünne Gummihandschuhe übergestreift hatte, den Inhalt der Tasche auf seinen Schreibtisch.

„Was haben wir denn da? Ausweis, Röntgenpass, Impfpass, Portemonnaie ...", zählte der Kommissar auf.

Als ob die Freundinnen das nicht schon alles wüssten!

„Im Portemonnaie ist kein Geld mehr, aber Karten und die Frau heißt Helene Bergmann. Dann wollen wir doch mal schauen, ob die gute Frau schon eine Anzeige erstattet hat. Natürlich eine gegen einen Unbekannten", fuhr Herr Wagner fort.

Während er in seinem Computer die Daten des Ausweises eingab, schaute Johanna sich im Büro um. Links stand ein Schrank aus Metall. Mehrere abschließbare Fächer waren darin. Auf manchen standen Namen, wie „Stephanie Gießen" oder „Helmut Jäger" drauf. Auf einem Fach war ein Aufkleber mit dem Begriff „Fingerabdruck-Set". Das kannte Johanna auch. Sie hatte sich mal so eins für Kinder gekauft. Das war aber keine gute Qualität gewesen.

„Helene Bergmann hat Anzeige wegen Taschendiebstahls gegen Unbekannt erstattet. Ich müsste jetzt mal Fingerabdrücke abnehmen. Ihr habt die Tasche schon am Henkel angefasst, oder?", sagte der Kommissar. Die Mädchen nickten. Nicht, dass sie noch als Diebinnen beschuldigt wurden!

Herr Wagner nahm die Kiste, auf der „Fingerabdruck-Set" stand, packte den Inhalt aus und begann mit dem Abnehmen der Fingerabdrücke. Das war ein sehr interessantes Vorgehen, fanden die Freundinnen und sahen dem Polizisten neugierig zu. Er nahm sich einen Pinsel, der vom unteren Bereich her genau so aussah, wie ein Schminkpinsel. Dann drückte er oben auf dem Pinsel auf ein Etwas, das einer Fahrradhupe von 1920 ähnlich sah. Aus dem Pinsel kam nun schwarzes Pulver, das auf das Portemonnaie rieselte, was der Kommissar mit dem Pinsel etwas verwischte.

„Dieses Fingerabdruckpulver ist normaler ganz feiner Ruß“, erklärte Herr Wagner den Mädchen.

Jacky, Juliette, Nora, Johanna und Franzi nickten. Sie waren ein wenig nervös. Es war ganz schön spannend auf dem Polizeirevier. Vor allem, wenn man bei so etwas wie hier dabei sein durfte. Der Kommissar schnitt jetzt ein Stück durchsichtiges Klebeband von einem großen Bogen ab und hielt das abgeschnittene Stück links und rechts mit zwei Fingern fest. Dann legte er das Klebeband auf Frau Bergmanns Geldbeutel, wo es dann kleben blieb und strich es glatt.

„Ich ziehe jetzt das Klebeband ab und klebe es auf ein dafür vorgesehenes Papier. Die Fingerabdrücke sind dann schwarz auf dem Papier zu sehen“, erklärte Herr Wagner und tat, was er sagte. „Wir haben auch silberfarbenes Fingerabdruckpulver. Das sieht man dann besser auf dunklerem Papier.“

Und tatsächlich erschienen auf dem Papier drei verschiedene Fingerabdrücke. Jacky, Juliette und Nora verschlug es die Sprache. Johanna und Franzi hatten so was schon mehrfach gesehen, wenn auch nur im Fernsehen in Krimis.

„Ist ja cool!“, entfuhr es Nora. Beschämt schlug sie sich die Hand vor den Mund. Wahrscheinlich machten solche Bemerkungen keinen guten Eindruck! Aber Herr Wagner lächelte.

„Ihr könnt es ruhig auch mal ausprobieren“, erlaubte er den Freundinnen und legte ihnen eine Dose, das durchsichtige Klebeband und weißes Papier auf den Tisch. Auf der Dose stand „Kaffeedose“ drauf. Aber sie war leer. Er machte eine auffordernde Handbewegung. **Die Peppermints** waren baff. Das hätten sie nicht gedacht.

„Jetzt tatscht eine von euch mal die ganze Kaffeedose bitte voll und jemand anderes nimmt die Fingerabdrücke ab, gut?“, sagte Herr Wagner.

Nachdem Juliette die Dose reichlich in den Händen gehalten und darin gedreht hatte, griff Franzi aufgeregt nach dem Pinsel des Fingerabdruck-Sets und versuchte, dem Kommissar alles genau nachzumachen.

„Na, jetzt hast du es ein bisschen verwischt“, stellte Herr Wagner fest.

Franzi wurde rot. Wie peinlich war das denn? Aber der Polizist war geduldig und zeigte ihr ein paar raffinierte Tricks, die Franzi sofort anwendete und dafür ein dickes Lob von Herrn Wagner einkassierte. Jetzt durften auch die anderen das Fingerabdruck-Set ausprobieren und es klappte fast perfekt. Die Freundinnen waren nun stolz wie Oskar. Sie fühlten sich wie richtige Detektivinnen.

„Jetzt muss ich aber wieder an die Arbeit!“, verkündete der Kommissar. Die Mädchen schauten sich bedauernd an. Gerade jetzt wurde es doch so spannend.

Zum Glück fiel Jacky eine passende Ausrede ein: „Dürfen wir Ihnen zusehen? Wir schreiben nämlich zufällig einen Artikel für die Schülerzeitung über die Arbeit eines Polizisten und da wäre das natürlich ganz …“

„Wenn das für die Schule ist", schnitt Herr Wagner ihr das Wort ab, „dann mache ich heute mal eine kleine Ausnahme."

Er lächelte Jacky, Juliette, Nora, Johanna und Franzi freundlich an. Dann nahm er das Papier mit den Fingerabdrücken darauf in die Hand und scannte die Abdrücke ein. Sekunden später erschienen sie auf dem Computerbildschirm. Und daneben erschien ein Name. Der Kommissar nickte und fixierte seinen Blick auf den Namen. Endlich klärte er die Mädchen auf: „Das ist ein wirklicher Zufall! Dieser Name hier ist der Name eines Vorbestraften, dessen Fingerabdrücke genau mit zwei von diesen hier übereinstimmen. Dieser Rotschopf ist sich aber auch wirklich für nichts zu schade. Der andere Fingerabdruck ist anscheinend dann von Frau Bergmann oder euch. Ich muss aber noch mehr Fingerabdrücke nehmen, um zu beweisen, dass die Abdrücke wirklich die des Vorbestraften sind. Und ich muss alles noch einmal genau in seiner Akte überprüfen. Wollt ihr denn nicht mitschreiben, oder euch wenigstens Notizen machen, zu dem was ich sage?"

„Ääh ... nö, das behalten wir uns auch so. Wir sind ja noch jung!", lachte Nora etwas künstlich. Aber Herr Wagner nickte und sah wieder auf den Monitor.

Mann, war das alles aufregend!

„Ich hoffe, dass ihr wisst, dass das eigentlich alles *top secret* ist und man das nicht einfach so weitersagen darf. Also veröffentlicht bitte nicht jedes Detail, was ihr hier miterleben dürft in eurer ‚Schülerzeitung', okay?", mahnte der Kommissar. Bei dem Wort „Schülerzeitung" musste er schmunzeln und die Freundinnen schauten betreten zu Boden. Herr Wagner hatte ihre kleine Flunkerei bemerkt. Klar, er war ja auch Polizist! Er musste ja quasi ein lebender Lügendetektor sein! Trotzdem nickten die Mädchen.

„Dürfen wir einen winzigen Blick auf ein Foto des Verdächtigen werfen? Das wäre ein echtes Highlight, vor allem für den Bericht für die Schülerzeitung. Natürlich wäre das in der Zeitung dann anonym und auch ohne ein Bild des Verdächtigen. Bitte!“, redete Juliette auf Herr Wagner mit einem unwiderstehlichen Augenaufschlag ein.

„Tut mir leid, aber das wäre dann doch ein bisschen zu viel verlangt. Das kann ich nicht machen“, meinte der Kommissar.

„Schade“, versuchte Franzi es ein letztes Mal, „wäre ja auch zu schön gewesen. Dann wird der Artikel für die Schülerzeitung eben nicht so spannend!“

„Das tut mir leid!“, entschuldigte sich der Kommissar.

„Ja, dann wir müssen jetzt auch langsam wieder los!“, sagte Jacky.

Da kam ein anderer Polizist herein, unterhielt sich kurz leise mit dem Kommissar und fragte die Mädchen: „Dürfen wir Frau Bergmann eure Telefonnummer geben? Ich denke, dass sie sich bei euch bedanken wird. Immerhin sind in der Tasche viele wichtige Dinge.“ „Aber natürlich!“, flötete Johanna. „Warten Sie, meine Freundin gibt Ihnen einen Adressaufkleber. Da steht auch die Telefonnummer drauf.“ Damit meinte sie Franzi. Die kramte schon in ihrem Portemonnaie und reichte dem Polizisten, der neben Herrn Wagner stand, einen Adressaufkleber mit ihrer Anschrift und ihrer Handynummer. Der Polizist bedankte sich und sagte, dass nicht alle Tage solche ehrlichen Finder kämen und verließ danach das Büro. Die Mädchen waren geschmeichelt.

„So wir müssen dann jetzt nach Hause!“, sagte Franzi dennoch. „Tschüss!“

Der Kommissar schenkte jeder noch ein Eukalyptusbonbon und begleitete sie zur Tür. Dann ging er wieder in sein Büro zurück.

Die Mädchen standen jetzt wieder vor dem Polizeipräsidium.

„Boah, war das krass, Leute! Ich glaube, wir haben einen neuen Fall!“, kreischte Franzi. Und dieses Mal waren alle sofort begeistert!

„Wir haben aber kein Foto und keinen Namen von diesem Verdächtigen!“, bremste Juliette. „So finden wir den doch nie!“

Doch Jacky grinste schelmisch. „Ich habe gespickt, als der andere Polizist mit dem Kommissar gesprochen hat: Marius Keuler heißt er. Wir googlen ihn einfach!“, schlug sie vor. „Dann kommen bestimmt auch viele Fotos!“

„Gute Idee!“, lobte Franzi, zückte ihr Smartphone und gab in der Suchleiste „Marius Keuler Trier“ ein. Ein paar Sekunden später erschienen zig Artikel, doch ein Foto war nicht dabei.

„Schreib mal ‚Fotos‘ dazu“, befahl Nora. Tatsächlich erschienen nun hunderte von Fotos von einem oder mehreren Marius Keulers.

„Und woher wissen wir jetzt, wer von denen er ist?“, fragte Juliette.

„Verdammt, keine Ahnung!“, rief Franzi.

Jetzt gingen allmählich auch ihr die Ideen aus. Wie sollten sie diesen Marius Keuler aus Trier finden, wenn es so viele gab?

„Hey! Es gibt sicher viele Herr Keulers. Aber sind die auch alle bei Facebook?“, fragte Jacky plötzlich. Die anderen starrten sie begriffsstutzig an. Was meinte Jacky denn damit? Jacky schnappte sich Franzis Handy, tippte darauf herum und einige Minuten später kreischte sie auf.

„Ich hab‘ ihn gefunden! Ich hab‘ bei Facebook seinen Namen eingegeben und alle Anzeigen durchgeguckt. Sonderlich viele waren das nicht. Es gab allerdings drei aus Trier. Aber nur einer hat rote Haare!“, kreischte Jacky.

„Rote Haare?“, fragte Juliette verwirrt.

„Ja, Herr Wagner hat so etwas gesagt. Moment. Ach ja! Er sagte: Dieser Rotschopf ist sich aber auch wirklich für nichts zu schade!“, fiel es nun auch Franzi ein.

„Genau!“, meinte Jacky.

„Schwesterchen, du bist so was von genial!“, grinste Juliette.

„Ich weiß!“, flötete Jacky.

Dann reichte sie Franzis Handy herum, da mit sich jede einmal das Foto ansehen konnte. Die Mädchen machten große Augen. Wenn man nicht wüsste, dass er ein Krimineller ist, könnte man denken, er sei ein ordentlicher Geschäftsmann. Herr Keuler hatte eine

Halbglatze. Die übrig gebliebenen Haare waren fuchsrot, genau wie sein Schnurrbart. So wie Herr Wagner es beschrieben hatte. Nora fand, dass das albern aussah. Außerdem trug Herr Keuler eine Brille mit runden Gläsern und schwarzem Rand. Schlicht und einfach hässlich, wie Franzi später meinte. Herr Keuler hatte ein Doppelkinn und generell war er ziemlich korpulent, wie man auf einem anderen Foto, auf dem er ganz zu sehen war, erkennen konnte. Er war ungefähr 1,80 Meter groß und trug auf dem Bild einen grauen Anzug und ein weißes Hemd.

„Und du bist dir sicher, dass das Herr Keuler ist? Also, ich meine *der* Herr Keuler", hakte Nora nach.

„Ja, ja, ganz sicher!", versicherte Jacky. „Ich finde zu Hause dafür bestimmt noch mehr Beweise!"

„Na, dann ist ja alles klar!", meinte Franzi.

Und das war es auch. Denn **Die Peppermints** waren wieder mittendrin in einem neuen Fall!

Casino des Verbrechens

22 Stunden, vier Minuten und 38 Sekunden später saßen Jacky, Juliette, Johanna und Franzi wieder im Eiscafé Venezia. Nora durfte dieses Mal nicht mitkommen. Ihre Mutter hatte es ihr verboten.

„Aber wie kommen wir an diesen Marius Keuler ran? Der kann überall sein!", überlegte Johanna laut.

„Glaube ich nicht. Nicht, wenn er vorbestraft ist!", meinte Jacky.

„Doch, der kann überall hin!", versicherte Johanna.

„Also, habt ihr gesehen, was auf Facebook bei ‚Hobbys' unter den Fotos von Herrn Keuler stand?", fragte Jacky in die Runde. Die anderen schüttelten die Köpfe. „Ich schon!", fuhr Jacky fort. „Bei den Hobbys stand, dass er gerne im Casino spielt. Diese Information stimmt genau mit der überein, die unter dem Namen von Herrn Keuler im Präsidium stand. Außerdem standen im Präsidium im Computer von Herrn Wagner alle Verbrechen, die Marius Keuler schon begangen hat. Das war ein versuchter Einbruch, der noch nicht ganz bewiesen ist, 16, stellt euch das mal vor, 16 Taschendiebstale und ein Diebstahl im Laden. Damals ging es allerdings nur um zwei Packungen Haferflocken, aber egal! Dieser Mann ist auf Bewährung bestraft und ziemlich kriminell! Es wäre also gut, wenn wir ihn finden und der Polizei einen heißen Tipp geben."

Die Freundinnen machten große Augen. Ganz schön viele Verbrechen! Und dieser Mann war noch nicht einmal dafür im Gefängnis gewesen, sondern musste nur mehrmals Geldstrafen zahlen. Und das alles konnte sich Jacky merken? Anscheinend konnte Jacky diese Frage aus den Gesichtern der anderen lesen.

„Langzeitgedächtnis!“, grinste sie nämlich.

„Dann sind wir ja jetzt schon nah dran. Aber denkt ihr, die Polizei wird ihn dieses Mal überhaupt verhaften? Ich meine, sonst könnten wir uns das Ganze doch sparen!“, wandte Johanna ein.

„Ich denke schon. Auf Bewährung heißt ja, dass er, wenn er das nächste Mal – also jetzt – noch einmal ein Verbrechen begeht, ins Gefängnis kommt. Oder eben sehr, sehr viel Geld bezahlen muss“, erklärte Franzi.

„Ja, dann wäre das ja geklärt!“, sagte Juliette. „Es gibt da nur noch ein winziges Problem: In welchem Casino hält sich unser Marius auf? Es gibt hier bestimmt neun oder zehn Spielcasinos. Wenn nicht noch mehr! Ich kenne mich da nicht so gut aus. Wie sollen wir das also hinkriegen? Das kann ewig dauern!“ Juliette seufzte.

„Detektivarbeit ist nicht immer spannend!“, spottete Jacky.

Und Franzi wusste, was sie damit meinte: Sie würden alle Spielbanken abklappern! Na, ob das so viel Spaß machen würde, das wusste sie nicht …

Zwei Tage darauf trafen sich die Freundinnen wieder. Allerdings nicht im, sondern vor dem Venezia. Von dort aus wollten sie zum nächsten Spielcasino gehen. Franzi hatte Nora von allen Ermittlungen brandheiß berichtet. Nora war jetzt wieder auf dem neuesten Stand. Zwar durfte sie wieder mal nicht live dabei sein, was aber nicht an ihren Eltern, sondern an einer fiesen Grippe lag. Doch sie bekam alles live per Headset mit. Sie hatte sich zwei Headsets für diese Aktion von ihrem Vater „ausgeliehen“. Eines trug sie und das andere Teil hatte sie Franzi in die Hand gedrückt.

„Was ist, wenn die euch da gar nicht reinlassen?“, zischte Nora durch das Headset. Sie musste ein bisschen leiser sprechen, weil ihre Mutter glaubte, sie würde den verpassten Stoff aus der Schule nachholen, den ihr Juliette gegeben hatte und nicht telefonieren.

„Dafür haben wir schon gesorgt!“, versicherte Franzi ihr.

Sie hatten nämlich zusammen einen Plan geschmiedet, der hoffentlich klappen würde.

Jacky, Juliette, Johanna und Franzi waren bereits auf dem Weg zum Spielcasino. In der Fleischstraße zog Johanna einen Schlüssel aus ihrer Umhängetasche und sperrte eine weiße Tür auf. Als die Mädchen in dem Gebäude drin waren und sich ein wenig umgesehen hatten, stutze Juliette: „Das ist die Fahrschule deines Vaters? Ganz schön groß!“

„Na ja“, winkte Johanna bescheiden ab, „er teilt sie sich mit ein paar anderen Fahrlehrern.“

Franzi tastete sich vorsichtig an der Wand entlang. Nicht, dass es dunkel wäre! Es war hell. Das Tageslicht drang durch die großen Fenster, vor denen nur ein paar vereinzelte weiße Vorhänge hingen. Franzi war nur ein bisschen verrückt und lugte in jeden Raum hinein, um sicherzustellen, dass wirklich niemand da war. Johanna hatte den Schlüssel dieses Büros ihrem Vater klauen müssen. Aber das war es wert.

„So, dann können wir uns ja jetzt umziehen!“, schlug Jacky vor.

„Ja, macht das mal, nicht dass doch noch jemand kommt und ihr erwischt werdet!“, flüsterte Nora ängstlich, die per Headset alles mitbekam.

„Oh! Mensch, Nora, die Fahrschule hat heute geschlossen! Es ist alles in Butter, mach dir keine Sorgen!“, stöhnte Johanna genervt.

Da hörten sie plötzlich, wie die Eingangstür geöffnet wurde. Dann Schritte, die immer näher kamen.

„Unter den Schreibtisch!“, befahl Franzi im Flüsterton. Sofort duckten sich die Freundinnen unter den Schreibtisch. Keine Sekunde zu spät, denn da betrat auch schon ein dunkelhaariger Mann in einem ordentlichen schwarzen Anzug den Raum.

„Wo hab ich sie denn?“, murmelte er und rückte quietschend den Stuhl direkt neben dem Schreibtisch zur Seite. Die Mädchen erschraken. Nora klopfte das Herz bis zum Hals. Und sie war sich zu hundert Prozent sicher, dass die anderen es durch das Headset hindurch hören konnten. Der Mann lachte kurz auf, dann trat er Jacky versehentlich auf die Hand. Jacky biss sich auf die Lippe und bemühte sich nicht vor Schmerz aufzuheulen. Scheiße, tat das weh! Der Dunkelhaarige zog eine Jacke von dem Stuhl, den er verschoben hatte und verließ glücklich seufzend die Fahrschule. Er sperrte ab und dann war nichts mehr zu hören. Juliette unterbrach die Stille.

„Das war knapp!“, meinte sie erleichtert.

„Dieser Idiot ist mir auf die Hand getreten!“, schimpfte Jacky und schaute verärgert.

„Dieser Idiot ist der Kollege meines Vaters!“, erklärte Johanna ruhig.

„Blödmann!“, konterte Jacky.

„Reg‘ dich ab, Jacky!“, schlichtete Juliette.

Franzi verdrehte die Augen.

„Nora? Bist du noch dran?“, fragte sie stattdessen.

„Ja, bin ich!“, flüsterte Nora. „Mann, hattet ihr gerade Glück! Ich hab mir Sorgen gemacht!“

„Ja, ja. Wir ziehen uns jetzt mal um. Das ist ja der eigentliche Grund, weshalb wir hier sind!“, rief Johanna. Sie streifte sich ihr Kostüm über.

„Wir legen jetzt mal auf, ja? Im Moment wird hier eh nichts Wichtiges passieren!“, verabschiedete sich Franzi dann und beendete, ohne eine Antwort abzuwarten, das Gespräch. Nun griffen auch die anderen in ihre Rucksäcke und schlüpften in ihre Klamotten.

Als alle fertig angezogen und geschminkt waren, machten sich Jacky, Juliette, Johanna und Franzi auf den Weg zum nächsten Spielcasino.

Dort angekommen sahen sie zwei Türsteher am Eingang stehen. Franzi schaltete das Headset unauffällig an und platzierte es so, dass es von ihren paar Haarsträhnen, die aus ihrer Frisur gefallen waren verdeckt wurde. Schnurstracks gingen die Mädchen auf die Türsteher zu.

„Ihre Ausweise bitte!“, verlangte der eine grimmig und zog ein Gesicht, als gäbe es dreißig Tage Regen am Stück.

Was waren das denn für Leute? Es gab genug Dinge, über die man sich freuen konnte, da musste man nicht so brummig sein!

„Hast du die Ausweise, Hannah?“, fragte Franzi Johanna.

„Nein, wieso sollte ich? Ich hab sie doch Julia gegeben!“, gab Johanna zurück.

„Ich hab sie aber auch nicht!“, jammerte Juliette gespielt verzweifelt.

Jacky kramte in ihrer Tasche herum und zog schließlich vier Ausweise heraus. Perfekt gefälscht von Nora! Wie nützlich, dass sie sich einigermaßen gut mit Computern und auch Fälschprogrammen auskannte ...

„Das sind Presseausweise“, stellte der eine Türsteher fest.

„Die sind doch nicht von der Presse! Die sind doch viel zu jung dafür!“, lachte der andere verächtlich auf.

Der andere stieß ihm in die Rippen. Franzi schaute den unverschämten Türsteher, der ihnen anscheinend nicht glaubte, verärgert an. Sie hatten sich so viel Mühe gegeben mit den Kostümen! Sie waren so schick! Immerhin war in manchen Spielcasinos für die Herren sogar Anzugspflicht. Franzi trug Stiefel bis zum Knie mit fünfzehn Zentimeter Absatz, mit denen sie bestimmt zwei Jahre älter aussah, eine schwarze Leggins und einen dazu passenden Rock. Eine ebenso schwarze Bluse, die sie mindestens noch drei Jahre älter machte und eine rote Lederweste dazu. Ihre blonden langen Haare hatte sie zu einer Hochsteckfrisur zusammengesteckt und auf ihrer Nase saß eine Hornbrille. Man könnte glatt denken, sie wäre achtzehn oder noch älter …

Jedes der Mädchen war geschminkt und auch die anderen sahen aus, als wären sie mindestens achtzehn. Was so ein paar High Heels und ein bisschen viel Schminke doch nur ausmachten … Auch, wenn es die Freundinnen Stunden gekostet hatte, das Laufen in den Schnäppchen aus dem Second Hand-Laden zu üben, so hatte es sich doch gelohnt.

„Die sind von der Presse, Gerald! Jetzt mach dich hier nicht lächerlich und lass die jungen Journalistinnen rein!“, zischte der andere.

„Sehr richtig“, erklärte Johanna, also Hannah, den Männern, „wir sind ganz bestimmt von der Presse, wie sie an unseren Ausweisen sehen können. Wir haben da solche negativen Gerüchte über dieses Casino hier gehört. Und da wollten wir doch mal sehen, ob das stimmt. Eigentlich glauben wir ja nicht, dass ausgerechnet hier in diesem seriös wirkenden Casino etwas nicht mit rechten Dingen zugeht, aber wir haben da unsere Quellen und die sind meistens sehr zuverlässig … Also wäre es auch in Ihrem Interesse, wenn Sie uns die Gelegenheit geben würden, uns vom Gegenteil zu überzeugen.“

Die anderen nickten verschwörerisch.

„Also geht ausnahmsweise ohne Personalausweis rein“, sagte Gerald, gab den Mädchen einen Schubs ins Spielcasino und lächelte zum ersten Mal. Allerdings nicht gerade freundlich, doch das bemerkten Jacky, Juliette, Johanna und Franzi gar nicht, denn die Freundinnen stolperten schon in einen düsteren großen Raum mit wenig Beleuchtung.

Sie erkannten mehrere Männer und nur ein paar vereinzelte Frauen, die an größeren und kleineren Automaten saßen und laut jubelten oder vor Ärger brüllten. Glücksspiele. Jacky hatte solche Automaten noch nie vorher gesehen, geschweige denn etwas davon gehört. Wie auch, ihre Eltern spielten ja auch nicht um Geld irgendeinen Schwachsinn. Eigentlich waren ihre Eltern ja langweilig, fand sie. Ihre Mum war Professorin an der Universität und ihr Dad arbeitete bei der Bank in irgendeiner relativ wichtigen Position oder so. Ganz genau wusste sie das auch nicht, denn eigentlich interessierte es Jacky auch eher weniger. Johannas Mutter hatte ihrer Meinung nach den besten Job: Sie arbeitete in einer Patisserie und stellte verdammt gute Pralinen aber auch feine, köstliche Törtchen her. Damit verwöhnte sie ihre Kinder immer, was man der sportlichen Johanna überhaupt nicht ansah war. Kein Wunder bei der Menge an Sport, die sie täglich trieb …

„Sind jetzt drin – over", flüsterte Franzi in das Headset.

„Okay, ich hab mir aus dem Internet einen Raumplan besorgt und sitze gerade vor meinem Laptop. Es kann nämlich sein, dass ihr wegen der Dunkelheit da drinnen nicht so viel erkennt. Was spielt Herr Keuler am häufigsten? Frag Jacky!", sagte Nora.

Seit wann kannte sie sich denn damit so gut aus?

„Jacky!“, zischte Franzi ihrer Freundin zu, die sich umsah. „Was spielt Herr Keuler am häufigsten?“

Jacky überlegte einen Moment, dann flüsterte sie: „Sic Bo. Er ist Sic Bo-süchtig“

„Sic Bo“, leitete Franzi an Nora weiter.

„Okay, ihr steht jetzt ungefähr vor dem Eingang. Geht geradeaus an der Bar und dann rechts an dem Roulette-Tisch und einer Ecke voller Spielautomaten vorbei. Dann seid ihr da“, wies Nora die anderen an.

Jacky, Juliette, Johanna und Franzi befolgten ihre Anweisungen und standen schließlich wirklich vor dem Tisch mit Sic-Bo. Zwei Typen im Anzug, die rauchten und jeweils ein Bier vor sich stehen hatten, waren am Spielen. Einer der beiden schaute auf.

„Wollt ihr mitspielen?“, fragte er und stank fürchterlich nach Alkohol und Zigarettenrauch.

Igitt! Und dann duzte der Ekel sie auch noch! Unverschämt! Johanna zupfte an ihrem Rockzipfel. Das war der Code für „Lieber nicht!“. Doch Franzi war ihr schon zuvorgekommen.

„Klar doch!“, lächelte sie siegessicher und setzte sich zu den Männern an den Tisch. Die anderen schauten sie entsetzt an und auch aus dem Headset war ein leises Stöhnen von Nora zu hören. Franzi war aber der Meinung, sie sollten nicht zu sehr auffallen. Und da sie in einer Spielbank waren, musste man hier auch spielen. Jetzt setzten sich auch Jacky, Juliette und Johanna neben Franzi. Weit genug weg von den Typen.

„Wie lauten noch mal die Spielregeln? Ich hab in der letzten Zeit nur Roulette gespielt und da hab ich die

Spielregeln hiervon völlig vergessen, sorry!", behauptete Franzi.

Nach zwei Minuten hatten die Mädchen das Spiel kapiert und beschlossen, gemeinsam gegen die Herren anzutreten und weitere zwei Minuten später rief einer der beiden Männer fröhlich „Gewonnen!" und sprang auf. Während er sich den gesamten Inhalt einer Bierflasche in den Mund kippte und gleich darauf eine neue Flasche bestellte, schauten Jacky, Juliette Johanna und Franzi ihn angeekelt an. Der andere Typ, der am gleichen Tisch saß, regte sich fürchterlich auf, fluchte und schimpfte und knallte dem Croupier widerwillig Jetons im Wert von fünfzig Euro hin.

„Und was ist mit eurem Geld? Ihr seid mir noch was schuldig. Fünfzig Euro!", rief der Gewinner.

„So ... war d-das aber d-d-doch g-g-gar nicht abg-gemacht!", stotterte Johanna. Jetzt wurde der Mann wütend und schlug mit seiner zur Faust geballten Hand auf den Tisch. Er brüllte: „Das sind Betrüger!" und forderte den Croupier auf, seiner Pflicht nachzukommen.

Die Peppermints schnappten sich ihre Taschen, nahmen die High Hegels in die Hand und sprinteten aus dem Casino.

„Schneller!", rief Johanna. An den verwunderten Türstehern rannten sie vorbei in die Innenstadt.

„Lauft bis zum Imbiss! Da seid ihr in Sicherheit!", befahl jetzt auch Nora, von der man mal endlich wieder etwas Anständiges zu hören bekam.

„Bis zum Imbiss!", wiederholte Franzi schnaufend.

Sie rannten weiter und weiter bis sie endlich beim Imbiss ankamen. Dort blieben die Freundinnen keuchend stehen und stützten ihre Hände auf die Knie.

„Ich … ich kann nicht mehr!“, schnaufte Jacky.

„Ich auch nicht!“, stöhnte Johanna.

„Sieh mal an! Unsere Sportskanone kann nicht mehr!“, stichelte Franzi keuchend.

Natürlich war das nicht so gemeint. Johanna nickte auch nur. Juliette griff in ihre Tasche, holte eine Wasserflasche heraus und trank. Sie war fertig, groggy, ausgepowert!

„Ihr habt vielleicht immer Schwein!“, fiel Nora auf.

„Wo warst du denn die ganze Zeit? Wir saßen da völlig hilflos im Spielcasino und haben auf deine tollen Tipps gewartet!“, fuhr Franzi sie an.

„Entschuldigung, aber ihr habt wohl vergessen, dass ich eigentlich eine Grippe habe. Meine Mutter kam rein und ich musste mich schnell ins Bett legen und behaupten, mir ginge es wieder schlecht. Sonst hätte sie das Headset sofort entdeckt! Und außerdem hättet ihr vielleicht noch eine Kamera mitnehmen sollen, die hättest du mit meinem Laptop verbinden können und ich hätte alles gesehen! Ist nicht meine Schuld!“, motzte Nora zurück.

Franzi schnappte empört nach Luft. Danach diskutierte sie weiter: „Ich kann ja auch nicht an alles denken und ja, wir hatten echt Glück. Die wollten doch allen Ernstes Geld von uns haben und … und außerdem bist du schuld, dass …“

„Hallo!“, wurde sie von Juliette unterbrochen, „Ihr hört jetzt sofort auf so rumzuzicken! Das nervt! Mensch,

Leute, wir sind mitten in einem Fall und ihr streitet euch. Das ist ja wie im Kindergarten! Oah!"

Jacky und Johanna nickten zustimmend. Juliette hatte wieder mal recht. Das nervte wirklich. Dennoch sagten Nora und Franzi immer, dass Motzereien in jeder Freundschaft mal vorkamen.

„Also, Herr Keuler war nicht da. Ich hab mir alles genau angesehen!", meldete sich Johanna zu Wort. Endlich mal wieder ein anderes Thema! Das freute auch Nora und Franzi, denen das, was sie gesagt hatten, jetzt schon wieder leid tat. So wie immer!

„Ich hab' ihn auch nicht gesehen. Das heißt, wir müssen ins nächste Spielcasino gehen, die gleiche Nummer abziehen und dort nach Marius Keuler Ausschau halten!", schloss Jacky aus dem Kommentar ihrer Freundin.

„Aber da spielt ihr bitte nicht noch einmal mit irgendwelchen fremden Leuten um Geld!", bat Nora.

Mit einem einstimmigen „Okay" war die Sache beschlossen. Sie würden weiter suchen, aber nicht heute!

„Suchen Kriminellen!“

Erst am Wochenende trafen sich die Mädchen wieder. Auch Nora war wieder dabei und hatte sich von ihrer Grippe erholt. Um 19.00 Uhr waren sie am Hauptmarkt verabredet. Doch erst um 19.10 Uhr waren alle versammelt. Johanna war wieder einmal zu spät gekommen. Doch sie hatte ihre Gründe.

„Leute, ihr glaubt nicht, was heute in der Zeitung stand!“, rief Johanna zur Begrüßung, lief auf ihre Freundinnen zu und wedelte mit einem Stück Zeitung in der Luft herum.

Sie war ganz hibbelig. Johanna hüpfte herum, als wäre sie gerade vier Jahre alt geworden oder als müsse sie aufs Klo. Jedenfalls sah es ziemlich hirnverbrannt aus, was sie da veranstaltete.

„Was gibt's denn so Spannendes, dass du zu spät kommst?“, erkundigte sich Juliette.

„Lass mich raten: dein Pony hat zum ersten Mal sechzehn Äpfel nacheinander gemacht und das steht jetzt in der Zeitung“, meinte Jacky gelangweilt mit einem spöttischen Unterton.

Johanna interessierte Jackys Bemerkung weniger. Sie schaute auf ihren Zeitungsfetzen und fing an vorzulesen:

„Spielcasino ausgeraubt!
Gestern Abend gegen 21.00 Uhr bedrohte ein maskierter Mann den Besitzer der Spielbank ‚Krüger'.
Der Maskierte hatte eine Pistole dabei, mit der er den Besuchern des Casinos einen großen Schrecken einjagte. Er verlangte den gesamten Inhalt der Kasse des Spielcasinos und richtete während der Geldübergabe die ganze Zeit die Pistole auf den verzweifelten Besitzer. Einem Besucher gelang es, aus dem Casino zu entkommen. Er informierte schnellstmöglich die Polizei. Als diese nur einige Minuten darauf eintraf, ergriff der maskierte Mann die Flucht. Allerdings stolperte er über einen Regenschirm, sodass für einen kurzen Moment seine Maske hochrutschte und sein Gesicht zu erkennen war. Die Flucht gelang ihm trotzdem. Die Polizei verfolgte ihn. An der Porta Nigra verlor sie jede Spur von dem Verbrecher. Wie Kommissar und Polizeipressesprecher Joseph Wagner jedoch der Presse mitteilte, verdächtigt die Polizei bereits einige Personen.

Hier die Beschreibung des Mannes:
Größe: circa 1,80 m
Gesichtsform: eckig
Besonderheiten: fuchsroter Schnurrbart, Doppelkinn

Bitte melden Sie sich bei der Polizei unter der 110, wenn Sie diesen Verbrecher wiedererkennen!

Die Polizei bedankt sich für Ihre Mithilfe!"

„Das ist eindeutig Herr Keuler! Nur die Brille fehlt“, erkannte Franzi.

Johanna nickte. Alle waren verblüfft.

„Jetzt wird er erst recht gefasst, wenn wir ihn kriegen!“, versicherte Nora den anderen.

„Lasst uns jetzt am besten zum Spielcasino ‚Krüger‘ gehen. Da können wir ein paar Zeugen befragen. Vielleicht wissen die ja doch mehr, als in der Zeitung steht …“, schlug Juliette vor.

„So machen wir's!“, beschloss Jacky und die Mädchen machten sich auf dem Weg zur Spielbank „Krüger“.

Als sie angekommen waren, prüften sie noch einmal ihre Outfits. Sie waren gestylt wie beim letzten Mal: voll geschminkt, Hochsteckfrisur, Kleider und Röcke, dünne Strumpfhose und High Heels. Richtig erwachsen.

„Es kann sein, dass wir unsere geplante Nummer heute gar nicht abziehen müssen!“, fiel Franzi auf. „Da hinten ist eine Gruppe junger Leute, die ins Casino wollen. Los, wir mischen uns drunter!“

„Lieber nicht! Die wollen doch trotzdem die Ausweise sehen! Und wenn ihr die nicht direkt zeigt, werdet ihr gleich rausgeschmissen!“, jammerte Nora.

„Ach was, das geht schon!“, meinte Jacky. Schnell huschten die Freundinnen zu den zwei Bäumen hinüber, an denen die Gruppe vorbeiging und drängelten sich zwischen die Männer und Frauen.

Am Eingang des Spielcasinos stand dieses Mal wieder jemand. Allerdings nur einer. Nora war mulmig zumute. Das würde gründlich schiefgehen! Wie konnte Franzi denn auch nur so leichtsinnig sein? Gleich würden alle merken, dass sie erst zwölf und nicht achtzehn waren – und Nora konnte diese unpraktischen hochhackigen Schuhe endlich wieder ausziehen! Auch, wenn sie damit mindestens zwanzig Zentimeter größer war als in echt und sie es nicht mochte, immer die Kleinste zu sein, zog sie diese blöden High Heels nach dieser Aktion nie wieder an! Das schwor sie sich und sie meinte es ernst!

Doch alles lief unproblematisch: Die Blondine, die der Gruppe vorausging, gab dem Türsteher einen Stapel Personalausweise. Erst guckte der Türsteher skeptisch und sagte, dass jeder der Gruppe seinen Ausweis eigentlich selbst vorzeigen sollte, aber er ließ die Gruppe mit Jacky, Juliette, Nora, Johanna und Franzi trotzdem durch.

Als die Freundinnen in dem Raum standen, sahen sie wieder viele Tische mit Spielen wie Craps, Sic Bo oder Roulette. Überall standen Spielautomaten. Dieses Spielcasino war im Vergleich zu dem anderen, das **Die Peppermints** schon „besichtigt" hatten, viel kleiner und heller. Mehrere kleine Fenster waren an den Decken und Wänden angebracht. Hinten war eine Bar und viele Leute saßen und standen überall herum, spielten und tranken dabei alkoholhaltige Getränke. Es stank nach Zigarettenrauch und Schweiß und die Luft war abgestanden. Wirklich nicht zum Aushalten! Die Mädchen boxten sich durch das Gedrängel hindurch und hielten dabei nach Herr Keuler Ausschau. Keine Spur! Sie suchten und suchten. Doch Marius Keuler war nicht aufzufinden.

„Das gibt's doch nicht! Er ist nicht hier!", murrte Nora.

„Na, das hat sich ja gelohnt!", meinte Juliette.

Daraufhin verließen sie das Casino so schnell es auf den High Heels ging, denn es wollte wieder irgendjemand mit ihnen Sic Bo spielen.

Auf der Straße zupften alle noch einmal ihre Kleider und Röcke zurecht. Franzi und Johanna zogen sich ihren Lippenstift nach.

„Ich glaube, wir müssen deinen Lidschatten noch mal auffrischen", sagte Jacky zu Franzi und trug ihrer Freundin schon welchen auf.

„Lila?", fragte Franzi abweisend.

„Lila ist sehr schön!", empörte sich Jacky und schminkte ihre Freundin weiter. „So, jetzt siehst du wieder perfekt aus!", freute sie sich einige Sekunden später und strahlte ihre Freundin an.

„Dann müssen wir jetzt die nächsten beiden Casinos absuchen!", seufzte Johanna.

„Los geht's!", munterte Nora die anderen auf. Sie zog einen Stadtplan aus ihrer Umhängetasche und sie gingen zum nächsten Spielcasino. Die Mädchen kannten zwar ihre Heimatstadt in und auswendig, aber wo Casinos waren, wussten sie nicht. Woher auch?

„So, hier muss es sein", stellte Nora zehn Minuten später nach einem Blick auf den Stadtplan fest.

Jacky, Juliette, Nora, Johanna und Franzi gingen zum Eingang. Niemand stand dort.

„Ist ja merkwürdig", murmelte Jacky, „sonst steht doch immer jemand am Eingang!"

Schulterzuckend betraten die fünf das Spielcasino. Die beiden Männer, die der Kleidung nach wahrscheinlich eigentlich an der Tür stehen sollten, tranken gerade jeweils eine ganze Flasche Bier aus. So wie die durch den Raum torkelten, schienen sie besoffen zu sein. Umso besser für die Bande! Auch dieses Spielcasino war total überfüllt. Unendlich viele Leute spielten hier um Geld irgendwelche Spiele. Die Mädchen gingen durch das Spielcasino und begutachteten jede einzelne Person.

„Er ist schon wieder nicht da!“, sagte Franzi langsam etwas genervt.

Dieser Herr Keuler konnte sich doch nicht in Luft aufgelöst haben! Er musste doch irgendwo sein, dieser Verbrecher.

Zwanzig Minuten später hatten sich Jacky, Juliette, Nora, Johanna und Franzi die gesamte Spielbank, jede einzelne Ecke genau angesehen. Herr Keuler war nicht da.

„Wo kann sich dieser Keuler denn sonst noch aufhalten?“, fragte Juliette in die Runde.

Doch keiner wusste eine Antwort. Gerade verließen die Freundinnen das Spielcasino, da entdeckte Franzi ihn, wie er draußen am Fenster des Casinos vorbeiging ...

„Herr Keuler!“, zischte sie. Die fünf warfen sich kurz einen Blick zu, dann nahmen sie die Verfolgung auf.

Den Freundinnen klopfte das Herz bis zum Hals. Inzwischen war es dunkel geworden. Es war 21.00 Uhr durch. Herr Keuler lief durch enge Gassen bis zu einem Mehrfamilienhaus. Dort sah er sich verstohlen um.

Die Mädchen versteckten sich schnell hinter einer Mauer. Ihre Knie zitterten. Das kam von der Aufregung, aber auch von der Kälte. Während Herr Keuler das Haus betrat und Jacky und Johanna zur Tür liefen, um ihn zu fassen, falls er später wieder herauskommen sollte, rief Franzi mit ihrem Handy Kommissar Wagner an, von dem sie sich ein Visitenkärtchen mitgenommen hatte. Sie informierte ihn kurz über die Lage und legte, nachdem Herr Wagner versprochen hatte, schnellstmöglich zu kommen, auf.

„Alles klar", flüsterte Johanna ihren Freundinnen zu. Alle waren sehr nervös. Wenn der Kommissar nicht pünktlich war, mussten sie Herrn Keuler vielleicht noch selbst schnappen. Wie sollten sie das anstellen? Sie hatten vorher vieles geübt. Selbst das Laufen auf den hohen Schuhen. Nur nicht, wie sie einen Kriminellen packen sollten. Da fuhren jedoch schon zwei Polizeiautos vor. Wie abgemacht, hatten sie die Sirene ausgelassen. Sonst wäre alles viel zu auffällig gewesen. Leise knirschend hielt der Wagen auf dem Kiesweg und Herr Wagner stieg mit zwei Kollegen aus. Die Polizisten kamen auf Jacky, Juliette, Nora, Johanna und Franzi zu.

„Wisst ihr eigentlich, in was für eine gefährliche Situation ihr euch da gebracht habt?", fragte der Kollege des Kommissars die Mädchen zur Begrüßung.

Betreten schauten sie zu Boden. Na ja, ganz ungefährlich war es wirklich nicht gewesen. Schon das Einschmuggeln in die Casinos. Aber auch das Verfolgen.

„Ganz unschuldig war ich ja aber auch nicht", murmelte der Kommissar beschämt.

„Herr Keuler ist jetzt da drin", lenkte Juliette ab. Die Polizisten nickten, stellten sich neben der Eingangstür auf. Dann ging alles ganz schnell. Die Tür wurde plötzlich von innen geöffnet und M.K. kam mit einem Koffer heraus. Wollte er flüchten, weil er in der Zeitung gelesen hatte, dass er gesucht wurde? Die Polizisten ergriffen ihn sofort, doch es gelang Herr Keuler, durch ein geschicktes Ablenkungsmanöver abzuhauen. Blitzschnell reagierten die Freundinnen. Sie rannten ihm nach und warfen sich, als Herr Keuler wieder einmal stolperte auf ihn. Mit zehn Händen schafften sie es, ihn festzuhalten. Herr Keuler stöhnte, doch schließlich gab er auf und ließ sich wieder auf den Wegrand fallen. Schon waren der Kommissar und seine Kollegen zur Stelle, legten dem protestierenden Herrn Keuler Handschellen an und führten ihn zum Polizeiauto. Die Freundinnen waren sprachlos. Dann plötzlich stolz auf sich selbst. Sie klatschten sich ab.

„Wir haben ganze Arbeit geleistet! Aber: Müssen wir jetzt allein im Dunkeln nach Hause fahren? Ich weiß nicht, ob unser Bus noch fährt! Es ist später geworden, als ich dachte", meinte Juliette.

„Nicht nötig, ich fahre euch nach Hause!", bestimmte Herr Wagner resolut.

„Danke, das ist sehr nett!", bedankte sich Jacky.

Die Mädchen stiegen in das andere Polizeiauto ein, nannten Herrn Wagner die Adresse von Jacky und Juliette, bei denen sie heute übernachten würden und fuhren los.

Als der Wagen vor dem Haus der Strawbrowns hielt, wollte der Kommissar unbedingt mit reinkommen. Doch die Freundinnen konnten ihn davon abhalten, indem sie behaupteten, dass die Eltern von Jacky und Juliette nicht zu Hause waren, da heute deren Eheabend war. Das war noch nicht einmal gelogen. Eigentlich sollten die Mädchen schon im Bett liegen, aber Jackys und Juliettes Eltern waren ja sowieso nicht zu Hause, um dies zu kontrollieren.

„Also dann, gute Nacht und bis bald!“, verabschiedete sich Franzi.

Die anderen winkten zum Abschied. Dann schloss Juliette die Tür auf. Die fünf gingen in das Zimmer der Zwillingsschwestern und ließen sich sofort müde auf ihre Matratzen fallen und schliefen friedlich ein. Das war ein langer Tag gewesen!

Auf Die Peppermints!

Am Sonntagnachmittag saßen Jacky, Juliette, Nora, Johanna und Franzi im Eiscafé Venezia. Die Sonne schien, der Himmel strahlte blau und es waren kaum Wolken zu sehen. Die Freundinnen saßen unter einem Sonnenschirm am Tisch und löffelten ihr Eis. Der Tag war einfach perfekt!

„Wir müssen unbedingt noch einmal auf uns anstoßen!“, rief Johanna fröhlich. Die Mädchen grinsten sich an, erhoben ihre nur noch halbvollen Teetassen und stießen an.

„Auf **Die Peppermints**! Die coolste Bande der Welt!“, jubelte Franzi.

„Auf **Die Peppermints**!“, wiederholten die anderen im Chor und tranken ihren Pfefferminztee aus.

„Wisst ihr noch, als wir nach unserem ersten gelösten Fall hier saßen? Da haben wir fast genau das Gleiche gesagt. Und du, Nora, hattest doch ein paar Tage später deine erste Hip Hop-Stunde. Davon hast du übrigens noch gar nichts erzählt! Hat es dir nicht gefallen?“, redete Juliette weiter.

Nora schob sich noch einen Löffel Eis in den Mund. Dann antwortete sie: „Doch, doch, war ganz schön. Alle waren begeistert, was wir dort gemacht haben. Papa, mein Bruder und ich. Nur Mama hat wieder rumgezickt! Sie hat gesagt, dass Ballett viel besser zu mir passt und es auch viel anmutiger aussieht. Mama und Papa hatten nur deshalb später Streit! Und dann bin ich nicht mehr zu diesem Hip Hop hingegangen. Ich wollte deshalb nicht die Familie kaputtmachen. Mama hat sich gefreut, dass ich da freiwillig rausgegangen bin, Papa war ein bisschen enttäuscht darüber, dass er sich umsonst für mich eingesetzt hat …“, erzählte Nora traurig.

„Also, deine Mutter die hat sie ja wohl …“, schimpfte Franzi drauf los.

Doch ein Blick von Juliette genügte, um sie zum Schweigen zu bringen. Nora fand das Verhalten ihrer Mutter ja auch daneben, aber es war immer noch ihre Mutter. Da konnte man nichts machen.

„Weißt du was, du gehst da wieder hin! Und wir kommen mit. Sag uns einfach Bescheid, wenn du wieder Lust auf Hip Hop hast! Du lässt dir in Zukunft nichts mehr vorschreiben!“, meinte Jacky.

Nora schaute ihre Freundinnen verunsichert an.

„Und was ist, wenn Papa und Mama dann wieder streiten?“, fragte sie.

„Dann sind deine Eltern rücksichtslos!“, sagte Johanna und die Sache war beschlossen.

„Ach, Jacky, dass hatte ich ja gestern in der Hektik ganz vergessen: Wie war denn dein Date mit Phil?“, fragte Franzi neugierig und grinste bis über beide Ohren.

Jackys Gesicht nahm die Farbe einer reifen Tomate an. Sollte sie ihren Freundinnen wirklich erzählen, was gestern passiert war? Sie fasste den Entschluss, den anderen ein bisschen von gestern Nachmittag, dem wahrscheinlich schönsten Nachmittag in ihrem Leben, zu berichten und begann:

„Also, wir haben uns im Kino getroffen, Phil, äh Philipp und ich und waren in diesem Liebesfilm. Es war ganz schön, wir waren danach noch Eis essen. Er hat mich eingeladen ... Ja, es war ganz romantisch.

Und was glaubt ihr, wie blöd Chantal und Seraphina geguckt haben, als sie mich mit dem süßen, äh, ich meinte netten Philipp gesehen haben? Die dachten, das wäre mein Freund!" Jacky lachte und Franzi konnte sich ein „Uuuh ..." nicht verkneifen.

Jacky und Philipp. Das neue Traumpaar! Wie süß!

„Und was war dann?", fragte Juliette weiter. Ihre Schwester hatte ihr deprimierenderweise noch gar nichts von ihrem Date erzählt.

„Nichts war dann!", behauptete Jacky.

Denn das Philipp sie zum Schluss auf die Wange geküsst hatte, behielt sie für sich! Juliette, Nora, Johanna und Franzi lächelten. Jeder hatte seine Geheimnisse! Das war ganz normal.

„Du hattest also einen unvergesslichen Tag mit Phil!", neckte Franzi Jacky.

„Ja", gab Jacky zu, „aber jetzt würde ich liebend gerne das Thema wechseln!"

„Genau, reden wir über die Klassenfahrt! Die ist ja schon in ... ich glaube zwei Wochen!", schlug Johanna vor.

„Ich habe mir überlegt, dass wir fünf eine Überraschungsdisco für die ganze Klasse vorbereiten. In unserem Zimmer. Immerhin bekommen wir den Gemeinschaftsraum.

Und Frau Meißner hat gesagt, wir haben sogar eine Bühne, einen Fernseher und einen CD-Player, falls ihr das mitbekommen habt!", erläuterte Franzi.

Die Idee war genial! Dann würden auch Chantal, Seraphina und die restliche Zickenclique mal sehen, dass auch **Die Peppermints** eine Disco auf die Beine stellen konnten.

„Geile Idee!", rief Johanna. „Wir brauchen unbedingt coole Musik, Süßigkeiten, Cocktails, Discokugel, boah das wird echt krass!"

Johanna war aufgesprungen und gestikulierte wild mit den Armen in der Luft herum.

„Ja, ja, jetzt komm aber mal wieder runter! Die Leute gucken schon alle ganz verärgert zu uns rüber!", zischte Nora.

„Spielverderberin!", maulte Johanna, setzte sich aber trotzdem wieder.

Nora war eine richtige Spaßbremse. Nur weil Nora zu Hause so viel Ärger hatte, musste sie ihre Wut nicht an ihnen auslassen!

„Ja, Franzi, die Idee ist wirklich gut! Lasst uns mal überlegen, was wir brauchen!", schlichtete Juliette und zückte Notizblock und Stift.

Juliette schrieb die Vorschläge ihrer Freundinnen auf. Am Ende war dann doch noch einiges zusammen gekommen:

DJ-Programm:

1. Cold as ice
2. Je veux

3. Grace!
4. I am what i am
5. Yesterday
6. Berlin City Girl
7. Light
8. Flowerpower
9. I am happy!
10. To you
11. Skipping over...
12. What chocolate
13. Very nice!
14. Rocking!
15. My live
16. Fine
17. Let´s go!
18. Freaky like my
19. Verdammt guter Tag
20. Sattelite
21. Wovon sollen wir träumen
22. Loca
23. Stay
24. I belive
25. Hello
26. Sweat
27. Raise your glass
28. Elektrisches Gefühl
29. Move it
30. Hammer

Das genügte erst einmal.

„Jetzt die Getränke. Was wollen wir da nehmen?“, fragte Jacky.

„Cola, am besten ohne Zucker, weil Frau Meißner doch Biolehrerin ist. alkoholfreie Cocktails vielleicht und Apfel-, Trauben-, Bananen-, Kirsch- und Litschisaft“, zählte Franzi auf.

Auf Wasser, Sprudel und Tee bestand Nora.

„Wir sind da in einer Disco, Nora! Nicht bei einem gesunden Frühstück mit Frau Meißner und der restlichen Klasse!“, protestierte Juliette.

Doch Nora wollte auch gesunde Getränke bei der Disco anbieten. Davon konnte sie niemand abbringen. Schließlich sollten Noras Zähne nicht wegen der Disco leiden. Und die ihrer Mitschüler auch nicht. Nora war eine echte Spielverderberin, ärgerten sich die anderen. Alles musste gesund sein, die Texte der Musik durften nicht zu hart sein, niemand sollte zu wild tanzen, sie wollte kein zu kurzes Kleid oder eine zu kurze Hose anziehen und alles musste ruhig bleiben. Sie wurde ja immer mehr wie ihre Mutter! Und das war wirklich schrecklich! Als Nora früher als die anderen gehen musste, waren alle ein wenig erleichtert und froh. Doch eine Stunde später mussten auch Jacky, Juliette, Johanna und Franzi nach Hause fahren. Wieso hatte Nora die schöne Stimmung nur so verdorben?

Als Johanna nach dem Reiten zu Hause war, legte sie sich auf ihr Bett. Ihr Bruder war auf einem Kindergeburtstag eingeladen, ihre Schwester war mit ihrer Mutter beim Arzt und ihr Vater war trotz Sonntag in der

Bank. Johanna dachte nach. Über Nora, die immer so konservativ war. Sie ärgerte sich über sie. Natürlich hatte Nora es nicht leicht. Frau Kauz, ihre Mutter, war total bescheuert, sie hatte einen Bruder, aber Johanna mal davon abgesehen auch. Und ebenso Franzi, zumindest einen Halbbruder. Nora hatte manchmal Atemnot-Anfälle, bis vor kurzem noch eine Spinnen-Phobie, na ja, keine richtige, und sie war generell ein Angsthase. Diese Sachen machten Nora in der Klasse nicht gerade beliebt. Bei der In-Clique, die aus den ganzen Zicken bestand, stand Nora total als Streberin da. Doch Jacky, Juliette, Johanna und Franzi hatten sie trotzdem in die Bande aufgenommen. Weil sie einfach nett waren und Nora ja auch. Nur langsam entpuppte sich Nora immer mehr als Streberin und Spielverderberin.

„Keine zu kurzen Hosen, Röcke und Kleider, gesunde Getränke, gesundes Essen, keine Musik mit zu harten Texten, keine laute Musik!“, äffte Johanna ihre Freundin in Gedanken nach. Doch einige Minuten später tat es ihr dann doch wieder leid. Nora war immer noch ihre Freundin. Und denen sollte man auch mal was verzeihen.

„Und vielleicht sollte man sie auch mal verändern!“, fiel Johanna ein und sie hatte auch schon eine Idee, die sie am nächsten Tag sofort allen außer Nora erzählen wollte.

Nora, die Partymaus

Am nächsten Morgen in der Schule erklärte Johanna Jacky, Juliette und Franzi ihren Plan, wie sie aus Nora eine Partymaus machen konnten. Alle waren einverstanden.

In den letzten beiden Stunden hatten die Mädchen zum Glück frei. Jacky, Juliette, Johanna und Franzi schleppten Nora in einen Klamotten-Laden. Blitzschnell suchten sie die kürzesten Klamotten heraus, die sie finden konnten, legten sie Nora in die Umkleidekabine und setzten sich auf ein paar Stühle davor.

„Komm jetzt endlich raus, Nora!“, rief Jacky.

Aus der Kabine war ein Seufzen zu hören. Dann trat Nora heraus. In kurzer Hose in Dunkelrot und einem hellgrünen Top, das am Rand mit buntem Garn mit kleinen Blümchen und Vögeln bestickt war.

„Du siehst wunderschön aus, Nora!“, strahlte Franzi.

„Das steht dir sehr gut. Du solltest öfter bunte Farben tragen!“, bewunderte Juliette ihre Freundin, die sich nicht gerade begeistert vor dem Spiegel drehte.

„Aber da sieht man … so viel Haut!“, jammerte Nora.

„Nora, der Sommer beginnt bald, da kannst du nicht immer in langen Sachen rumlaufen. Und außerdem: Wenn du dich immer so schwarz anziehst, ist dir im Sommer total heiß! Schwarz zieht die Sonne an, du Hirngenie!“, belehrte Johanna Nora.

„Ich weiß nicht, ob das meiner Mutter gefallen wird …“, murmelte Nora.

„Deine Mutter hat das gar nicht zu interessieren!“, unterbrach Jacky sie.

Nora nickte.

„Stimmt!“, sagte sie. „Das ist meine Sache, was ich anziehe und was nicht und Mama muss das ja nicht anziehen. Also kann es ihr ja auch egal sein!“

Die anderen nickten. Nora lernte schnell!

„So, und jetzt ziehst du mal bitte das Kleid hier an. Das ist total süß und bunt!“, kommandierte Franzi und reichte Nora ein Kleid.

„Ich mag aber keine Kleider!“, protestierte Nora.

„Probier‘ es bitte mal an“, wiederholte Franzi. „Ob du es danach kaufst, kannst du dann immer noch entscheiden!“

Widerwillig verschwand Nora mit dem Kleid in der Umkleidekabine und trat einige Minuten später wieder heraus. Sie hatte das Kleid angezogen und sah aus wie eine Prinzessin. Juliette war Noras eigentlich super Figur noch nie aufgefallen. Das Kleid betonte diese aber sehr schön.

„Genial! Gefällst du dir denn auch?“, fragte Johanna begeistert.

Nora schaute sich im Spiegel an. Eigentlich war das Kleid ja wirklich ganz schön. Es war nicht zu lang und nicht zu kurz. Die Farben gefielen ihr auch sehr gut.

„Ich würde das Kleid ja gerne nehmen, aber ich hab‘ nicht so viel Geld dabei!“, gestand Nora ihren Freundinnen.

„Dann geh dir Geld ziehen!“, schlug Franzi vor.

Nora nickte, zog schnell ihre Kleidung an, nahm ihren Schulrucksack und ging zum nächsten Geldautomaten.

Während Nora weg war, suchten Jacky, Juliette, Johanna und Franzi ihr hübsche Kleider, Hosen, Tops und T-Shirts heraus, die sie gleich anprobieren sollte.

„Das läuft doch wie geschmiert!“, freute sich Jacky.

„Jetzt kriegt sie mal coole Klamotten!“, seufzte Franzi, während sie zwei bunte Hosen auf den Kleiderhaufen legte.

„Man kann sich ja nicht immer so grau und schwarz anziehen, wie Nora das sonst immer gemacht hat. Das sieht ja schlimm aus!“, bekräftigte Johanna.

Die anderen nickten. Da kam auch schon Nora wieder.

„Hundert Euro werden ja wohl reichen, oder?“, flüsterte sie.

Franzi machte große Augen. „So viel Geld hast du auf deinem Girokonto?“, fragte sie erstaunt.

Nora lächelte bescheiden.

„Hab‘ die letzten fünf Monate keinen Cent davon ausgegeben!“, gestand sie.

Franzi nickte verständnisvoll.

„Dann kannst du ja jetzt mal was ausgeben!“, gab sie zurück und zwinkerte ihrer Freundin zu.

„Wir haben dir noch ein paar Sachen zum Anprobieren ausgesucht. Hier!“, sagte Johanna und trug den Kleiderhaufen in die Umkleidekabine von Nora. Die ging in die Umkleide, zog den Vorhang zu und kam kurz darauf mit einem coolen Jeansrock mit Flicken und einem Top in verschiedenen Farben wieder heraus. Jacky, Juliette, Johanna und Franzi streckten die Daumen hoch. Nora probierte alle Kleider, die ihre Freundinnen ihr herausgesucht hatten an und die Mädchen kommentierten jedes Teil. Besonders gefragt war hier natürlich Jacky, die sich in Sachen Mode am besten auskannte. Zwischendurch fand sie noch passende Accessoires als Sahnehäubchen für Noras neue Outfits. Zum Schluss, gegen 13.00 Uhr, hatte sich Nora für das Top mit der kurzen Hose, zwei kurze und zwei lange Kleider und auch zwei Röcke mit einer Lederjacke und einem Glitzertop entschieden. Höchst zufrieden bezahlte sie den hohen Betrag und verließ mit ihren Freundinnen den Laden mit einem Lächeln im Gesicht.

„Jetzt hab ich ein paar schöne Sachen!“, freute sich Nora strahlend. „Auch was Schickes für die Disco auf der Klassenfahrt. Ich freue mich schon so darauf! Und ich schwöre euch, ich werde da tanzen bis zum Gehtnichtmehr!“

„Ja, das ist toll! Es ist aber auch wirklich nett von Frau Meißner, dass sie uns das mit der Disco erlaubt. Aber wie gesagt, wir müssen uns selbst um die Süßigkeiten und die Getränke kümmern und eben alles von zu Hause mitbringen“, sagte Franzi.

„Ja, das ist ja kein Problem. Wir müssen dann mal überlegen, was wir für Süßigkeiten anbieten wollen. Aber das machen wir besser beim nächsten Mal. Denn sonst verpasst ihr eure Busse!“, meinte Johanna nach einem Blick auf ihre Handyuhr.

Die Mädchen verabschiedeten sich voneinander und fuhren nach Hause. Als Johanna mit ihrem Fahrrad in die Bergstraße einbog, wurde sie von einer Welle der Erleichterung überrollt. Ihr Plan hatte funktioniert! Na, als ob man aus Nora nicht auch eine Partymaus machen konnte!

Proben, üben, proben, üben!

Drei Tage darauf trafen sich **Die Peppermints** im Haus von Franzis Vater. Dort wollten sie den Song für den Talentwettbewerb zusammen üben. Und weil Franzis Vater die Mädchen mit seiner Westerngitarre begleitete, fand das Treffen bei ihm zu Hause statt. Doch erst einmal wollten die Freundinnen allein üben und gingen dazu in Franzis Zimmer.

„Also nochmal: Juliette, Nora und ich singen die erste Strophe. Den Refrain singen wir alle zusammen. Die zweite Strophe singen Johanna, Jacky und ich und den Refrain singen wir wieder zusammen", erklärte Franzi jetzt bestimmt schon zum fünften Mal.

Sie zählte vor und bei drei fingen Juliette, Nora und sie an, die erste Strophe des Liedes zu singen. Nach langem Hin und Her hatten sich die Freundinnen für den Song von Zaz entschieden. Natürlich war das französische Gesinge eine echte Herausforderung. Zumindest für die Zwillingsschwestern und Johanna. Nora lernte ja immer mit ihren Eltern Französisch für die Schule und Franzi hatte mal ein französisches Aupairmädchen gehabt und hatte schon im Kindergarten damit angefangen, Französisch zu sprechen. Sie war sprachlich zudem ein echtes Naturtalent.

„Nein, nein, nein!“, unterbrach Franzi das Lied. „So geht das nicht! Ihr müsst alle an eurer Aussprache arbeiten. Man versteht ja sonst kein Wort!“

„Man versteht sowieso kein Wort! Musste ja ausgerechnet Französisch sein!“, meinte Jacky genervt.

„Du vielleicht nicht, aber ich!“, gab Franzi schnippisch zurück.

„Wir üben die Stelle einfach noch ein paar Mal. Franzi, singt es uns noch einmal vor, wir hören gut zu und singen es dann nach!“, beschwichtigte Juliette die Diskussion.

Gute Idee, Juliette! Und so wurde es auch gemacht.

Nach einer halben Stunde klang der Song dann schon einigermaßen gut und die Mädchen konnten zum Hauptteil des Liedes übergehen. So anstrengend hatte sich Franzi die Proben nicht vorgestellt. Sie dachte, ihre Freundinnen konnten inzwischen singen! Gerade waren Jacky, Juliette, Nora, Johanna und Franzi dabei, den Hauptteil gemeinsam zu singen, da musste Franzi wieder stoppen.

„Halt!“, rief sie und seufzte. „Nora, hör auf mit deinem Operngesang! Das kannst du nicht bringen beim Wettbewerb! Das hört sich echt furchtbar an. Versuch mal, normal zu singen. Wir befinden uns nicht in einer Oper!“

Nora war ein bisschen beleidigt. Sie sang doch ganz normal! Oder verstand sie unter „normal“ da was falsch? Trotzdem schaffte sie es nach einigen Versuchen, so zu singen, wie Franzi es sich vorgestellt hatte. Jetzt, meinte Franzi, musste sie genau wie die anderen nur noch den Text auswendig lernen. Noch zwei oder drei Mal sangen die Mädchen den Song, der davon handelte, dass Zaz normal sein wollte, kein Personal und nicht den Eifelturm besitzen, sondern Liebe, Freude und Humor erleben wollte.

Dann wurden Jacky, Juliette, Nora, Johanna und Franzi von einem Klopfen an der Tür gestört.

„Herein!“, rief Franzi.

Die Türklinke bewegte sich nach unten und Klarissa stand mit einem Tablett auf dem fünf Gläser, eine Saft- und eine Wasserflasche und mehrere Schüsseln mit Nervennahrung und Gummibärchen standen, im Türrahmen. Franzi schaute Klarissa irritiert an. Was war denn das jetzt bitteschön? Die Madame zeigte mal eine andere Seite von sich!

„Ihr übt so fleißig, da dachte ich, ihr könntet ein bisschen Stärkung gebrauchen!“, lachte Klarissa und stellte das Tablett mit den Leckereien auf Franzis Bett ab.

Franzi suchte nach dem Künstlichen, das so oft in Klarissas „Lachen“ steckte, doch sie fand davon absolut nichts. Komisch. Klarissa schien sich wirklich sehr zu bemühen, dass das Verhältnis zwischen Franzi und ihr sich verbesserte. Sie wünschte den Mädchen noch viel Spaß beim Proben und verließ das Zimmer. Die Freundinnen sahen sich verblüfft an.

„Hat die was genommen?“, fragte Johanna, die als erste ihre Sprache wiederfand.

Die anderen schüttelten die Köpfe.

„Na dann lasst uns mal eine Pause einlegen!“, schlug Nora schließlich vor.

Missmutig goss Franzi in ihr Glas Saft ein und reichte die Flasche dann an ihre Freundinnen weiter.

„Wer weiß, vielleicht ist das Getränk ja vergiftet“, dachte sie. Vorsichtshalber wartete sie ab, bis Nora einen Schluck aus ihrem Glas getrunken hatte. Doch Nora ging es danach immer noch blendend und Franzi traute sich nun auch, einen Schluck zu nehmen. Nein, der Saft war nicht vergiftet, stellte sie fest, nachdem sie das ganze Glas ausgetrunken hatte. Gut! Nacheinander griffen die Mädchen in die Schalen mit Schokolade und Gummibärchen.

„Das ist ja Bitterschokolade“, bemerkte Juliette, „unsere Lieblingsschokolade, Leute!“

Das war aber jetzt wirklich nett von Klarissa, dass sie extra für Jacky, Juliette, Nora, Johanna und sie Bitterschokolade gekauft hatte, fand Franzi lächelnd. Vielleicht hatte Klarissa ja wirklich ein paar gute Seiten an sich! Das schienen auch die anderen zu finden, denn sie redeten darüber, dass das ja wirklich nicht nötig gewesen wäre und das Klarissa ausnahmsweise mal was Nettes getan hatte. Franzi konnte das nur bestätigen.

Zehn Minuten später spornte sie ihre Freundinnen allerdings wieder an, weiter zu üben. Dieses Mal mit Herrn Ludwig zusammen. Schließlich wollten sie den Wettbewerb ja gewinnen!

Als Franzi wieder einmal mitten im Song abbrechen musste, war sie ein bisschen genervt und riet den Mädchen, sich den Text noch einmal anzuschauen. Sie sollten den Text – wie sie – in- und auswendig können, damit die Bande später noch ein paar coole Tanzschritte und Moves einbauen konnte. Sie wollten ja nicht nur langweilig auf der Bühne herumstehen und singen.

Das sähe ja total bescheuert aus! **Die Peppermints** – beziehungsweise Franzis Freundinnen – waren dann der Meinung, sie hätten genug geübt und setzten sie sich vor den Fernseher auf die Couch und sahen sich irgendwelche Sketche an.

„Beim nächsten Mal klappt's besser!“, redete sich Franzi in Gedanken ein und setzte sich zu den vier aufs Sofa. Warum sollte man nicht auch mal chillen können? Das machte sie sowieso viel zu selten! Sie hatte ja die ganze Woche Termine: Montags Keyboardunterricht, dienstags Geigenstunde, mittwochs Ballettprobe, donnerstags Jazzdance, nur freitags hatte sie hobbyfrei. Gut, dass die ganzen Termine immer gegen 17.00 Uhr waren, sodass sie sich trotzdem regelmäßig mit ihren Freundinnen treffen konnte. Das war doch auch immer wieder schön!

Die nächsten zwei Wochen trafen sich die Mädchen öfter als sonst, um die halbe Zeit mit dem Proben für den Talentwettbewerb zu verbringen. Nora durfte auch fast immer mit, weil ihre Mutter oft dachte, dass sie mit den anderen für die Schule lernte. Indirekt stimmte das ja auch, denn der Talentwettbewerb war nun einmal eine Schulveranstaltung. Und für den übten die Freundinnen. Auch wenn Nora nicht gerne log, tat sie es trotzdem, denn sie war zielstrebig genug, um den Talentwettbewerb gewinnen zu wollen. Natürlich sollte es hauptsächlich Spaß machen. Das tat es ja, auch wenn Franzi die Mädchen immer und immer wieder verbesserte, aber gewinnen wollte Nora trotzdem. Sie hatte ein Ziel vor Augen. Aber sie hatte sich, falls sie nicht gewinnen sollten, vorgenommen, nicht enttäuscht zu sein und daran zu denken, dass sie ja eigentlich sowieso nicht teilgenommen hätte, wenn Franzi sie nicht heimlich angemeldet hätte. Und sie wollte daran denken, dass das alles trotzdem sehr viel Spaß gemacht hatte.

„Noch einmal!“, kommandierte Franzi.

Nachdem sie vorgezählt hatte, sangen die Freundinnen das Lied noch einmal von vorn. Als die erste Strophe fehlerlos vorübergegangen war, war Franzi sichtlich erleichtert. So schwierig war der Song doch gar nicht zu singen! Ging doch! Man musste die anderen nur ein wenig anspornen und viel mit ihnen proben. In ihrer Rolle als Managerin fühlte sich Franzi pudelwohl! Sie liebte es, zu bestimmen. Manchmal nervte das ihre Familie, insbesondere Lilo, und ehrlich gesagt ab und zu auch ihre Freundinnen. Aber wenn etwas perfekt werden sollte, musste man das Zepter selbst in die Hand nehmen und sollte die anderen nicht einfach machen lassen. Das war Franzis Motto.

Der Refrain klappte gut, Jacky, Juliette, Nora, Johanna und Franzi konnten den Text auswendig.

„Und jetzt kommen wir zu den Tanzschritten, die wir einbauen müssen!“, machte Franzi weiter. Die anderen nickten.

„Hat jemand vielleicht Vorschläge, was wir so tanzen sollen? Franzi vielleicht?“, fragte Juliette in die Runde.

„Wie wär‘s mit einem einfachen Kreuzschritt?“, schlug Franzi vor und tanzte gleich einen coolen Schritt vor.

„Schritt, Kreuz, Schritt stehen“, wiederholte sie dabei immer wieder.

Alle fünf tanzten schließlich diesen Schritt. Nora hatte dann noch eine Idee, was man mit den Armen dazu machen könnte und so wurde aus dem einen Schritt nach und nach ein kleiner Tanz, der wie gemacht war für das Lied. Na ja, eigentlich war er das ja auch.

„Ich glaube, das reicht für heute!“, schnaufte Johanna eine Woche später, nachdem die fünf den Song nochmals mit Franzis Vater geprobt hatten.

Johanna trank ihr Wasserglas mit einem Zug aus.

„Ja, absolut!“, keuchte Nora.

Tanzen machte durstig! Es war verdammt anstrengend zu tanzen und gleichzeitig zu singen und das vor vielen Leuten auf der Bühne in der Aula des Gymnasiums.

„So, dann sehen wir uns morgen früh in alter Frische, steigen in den Bus und sind dann für drei Tage auf Klassenfahrt!“, rief Franzi ein bisschen übertrieben begeistert.

Das einzige Highlight würde ja wohl die Disco werden! Und sonst durften **Die Peppermints** mit ihren Mitschülerinnen den ganzen Tag sicherlich wandern oder so ein langweiliges Zeug machen. So wie sie Frau Meißner kannten …

„Okay, bis morgen dann!“, verabschiedeten sich Jacky, Juliette, Nora und Johanna und verließen winkend das Haus.

Franzi schloss die Haustür hinter sich und ging ins Wohnzimmer, wo ihr Vater gerade seine Gitarre wegstellte.

„Hey, ihr macht das schon richtig super!“, lobte er seine Tochter und klopfte ihr grinsend auf die Schulter.

Und Herr Ludwig musste ja Ahnung haben. Schließlich hatte er früher seine eigenen Bands gehabt. Genauer gesagt hatte er früher mal eine Zeit lang in vier Bands gleichzeitig gespielt, beziehungsweise gesungen. Er war Gitarrist, Bassist und Sänger gewesen. Von ihm hatte Franzi ihr musikalisches Talent geerbt. Das war auch gut so!

Im Moment hatte Herr Ludwig mit ein paar alten Kumpels wieder eine Band gegründet. Franzis Vater war echt korrekt! Franzi lächelte, aß etwas und ging schon früher als sonst ins Bett. Ohne Maulen, ohne Murren. Morgen wollte sie einfach ausgeschlafen sein! Die Klassenfahrt würde nämlich toll werden. Richtig toll!

Klassenfahrt!

Am nächsten Morgen traf sich die gesamte Klasse 6b auf dem Schulhof. Der Bus, der die Schülerinnen in eine Jugendherberge nach Bernkastel bringen sollte, stand schon dort. Alle verabschiedeten sich von ihren Eltern, die sie ausnahmsweise mal zur Schule gefahren hatten, da ja jede der Mädchen ihren Koffer dabei hatte.

„Tschüss, Mama!“, grinste Franzi und drückte ihrer Mutter, die sich extra Zeit für diese Taxifahrt genommen hatte, einen Kuss auf die Wange.

„Viel Spaß, Süße!“, wünschte ihre Mutter, umarmte Franzi kurz und stieg dann in ihr Auto, mit dem sie anschließend wegfuhr.

Noras Eltern waren beide mit zur Schule gekommen. Sie umarmten ihre Tochter eine Ewigkeit lang und taten gerade so, als ob Nora für ein halbes Jahr als Austauschschülerin nach Amerika ginge! Nora war das ein bisschen peinlich. Sie löste sich aus der Umarmung ihrer Eltern, winkte und hievte ihr Gepäck in den Gepäckraum. Herr und Frau Kauz sahen Nora sehnsüchtig nach und schickten ihr noch Millionen Luftküsse. Wie peinlich!

Währenddessen hatten sich auch Jacky und Juliette von ihrer Mutter und Johanna von ihrem Vater verabschiedet.

Nun stiegen **Die Peppermints** in den Bus ein, um noch Plätze nebeneinander zu bekommen. Frau Meißner und Frau Zett beendeten ihre letzten Gespräche (unter anderem mit der Mutter von Ursula), winkten den vereinzelt immer noch anwesenden Eltern zum Abschied und stiegen in den Bus ein. Als alle ihre Plätze eingenommen hatten, fuhr der Bus endlich los.

Jacky, Juliette, Nora, Johanna und Franzi hatten die letzte Reihe ergattert. Natürlich kam Ursula dazu und fragte, ob sie sich dazu setzen konnte.

„Oh, schau mal, Ursula, da vorn neben deiner Freundin ist noch ein Platz frei!", rief Franzi gespielt freundlich. „Ramona fände es bestimmt total traurig, wenn du dich nicht neben sie setzen würdest!"

Das sagte Franzi, weil sie wusste, dass Ramona ein Ursula-Fan war und mit Ursula den Streber-Club bildete. Ramona hatte das gehört und nickte eifrig, um Franzis Aussage zu bestätigen. Beleidigt setzte sich Ursula neben Ramona und ließ die Freundinnen in Ruhe.

„So macht man das!", flüsterte Franzi zufrieden lächelnd.

„Aber jetzt: Wollen wir Karten spielen?", fragte Nora.

Die anderen vier nickten. Nora kramte in ihrem Rucksack, den sie zusätzlich mitgenommen hatte und zog schließlich ein Kartenspiel heraus, das die Mädchen die ganze Fahrt über spielten. So war es wenigstens nicht ganz so langweilig!

Als der Bus vor einem großen Haus, an dem „Jugendherberge Bernkastel" stand hielt, stiegen Jacky, Juliette, Nora, Johanna und Franzi sowie die anderen

Schülerinnen hastig aus. So schnell wie möglich wollte jede ihren Koffer abholen.

Der Busfahrer lud gerade alle Koffer aus dem Gepäckraum.

„Wo sind wir hier? In Buschhausen oder was?“, mäkelte Seraphina, als sie den Wald neben der Jugendherberge betrachtete und rümpfte ihre Nase. Dann zog sie ihren rosafarbenen mit Strasssteinchen besetzten Koffer hinter sich her in die Jugendherberge. Auch alle anderen schnappten sich ihre Koffer.

„Nicht so stürmisch, Mädchen!“, mahnte Frau Meißner. „Und macht langsam, wenn ihr die Treppen hochgeht! Ich möchte keine Verletzten haben.“

Doch das hörten **Die Peppermints** schon gar nicht mehr, denn sie waren schon in der Jugendherberge verschwunden und standen im Eingangsbereich.

Es war hell. Das Tageslicht drang durch die riesigen Fenster in den Raum. Die Wände waren zartgelb gestrichen. Richtig schön, wie auch Juliette zugeben musste. Links war eine Tür, hinter die Franzi sofort lunzte.

„Das ist der Speisesaal!“, flüsterte sie ihren Freundinnen zu.

Die anderen nickten.

„Lasst uns erst einmal hochgehen und die Koffer abladen“, schlug Jacky vor.

Alle waren einverstanden und schleppten mühsam ihre Koffer die Treppen hinauf in den dritten Stock.

„Warum muss unser Zimmer auch ausgerechnet ganz oben sein?“, stöhnte Juliette.

„Dafür haben wir die ganze Etage für uns allein“, meinte Johanna, die Sportskanone. Nun waren die Mädchen oben angekommen und öffneten die Tür des einzigen Zimmers.

„So, das ist der Gemeinschaftsraum, unser Heim!“, rief Franzi freudig. „Wow, guckt mal die Bühne!“

Tatsächlich! In dem Raum, in dem **Die Peppermints** schlafen sollten, war eine ziemlich große Bühne. Daneben thronten ein Stapel Stühle, ein Fernseher und in der gegenüberliegenden Ecke neben fünf Matratzen ein CD-Player. Vor den rechteckigen und quadratischen Fenstern hingen gelbe halbdurchsichtige Vorhänge und von der Decke hing eine überdurchschnittlich große Lampe, deren Licht sehr grell war.

„Cool!“, staunte Nora.

„An den Fensterrahmen können wir dann für die Disco unsere Glanzspiralen aufhängen und den kleinen Tisch da hinten können wir ein bisschen mehr in die Mitte stellen, sodass du da deine Discokugel hinstellen kannst. Und die Regale funktionieren wir als Büfett um, ja?“, plante Jacky eifrig.

„Ja, ja, jetzt mach mal halblang! Lass uns erst einmal unsere Sachen abstellen und das Haus und die Gegend erkunden!“, bremste sie Johanna.

Die Mädchen platzierten ihre Koffer neben den Matratzen und bezogen diese erst einmal. Johanna und Franzi waren schnell fertig, denn sie hatten praktischerweise ihre Schlafsäcke dabei.

„Fertig!“, riefen die beiden gleichzeitig und liefen kichernd aus dem Zimmer die vielen Treppenstufen hinunter in den Hof.

„Eine Tischtennisplatte und da hinter der Mauer ist die Mosel. Wenn wir da draufklettern, hat Frau Meißner gesagt, dass sie uns auf Kosten der Eltern mit einem Taxi nach Hause schickt. Findest du das nicht ein bisschen übertrieben?“, meinte Franzi.

Johanna nickte nur und starrte stumm auf den Fluss direkt hinter der Mauer. Sie fand Wasser irgendwie gruselig. Feuer konnte man mit Wasser löschen. Aber Wasser? Gegen das konnte man gar nichts tun. Genau wie gegen Ursula, die jetzt im Schlepptau mit Jacky, Juliette und Nora auf Johanna und Franzi zusteuerte und die herrliche Stille zerstörte.

„Ist es nicht toll hier?“, brüllte sie ihnen schon von der Terrasse aus zu.

Johanna zuckte zusammen. Ärgerlich drehte sie sich zu Ursula um.

„Kann die nicht einmal still sein?“, dachte sie kopfschüttelnd.

Ursula und die anderen drei waren jetzt auch an der Mauer angekommen. Franzi lächelte wieder ihr überfreundlichstes Lächeln, das sie draufhatte und wandte sich dann an Ursula:

„Ursula, könntest du uns jetzt bitte einmal in Ruhe lassen? Ich will dich wirklich nicht kränken, aber gerade nervst du ein wenig. Verstehst du das nicht?“

Das war jetzt vielleicht ein bisschen hart. Betroffen schaute Ursula zu Boden und ging mit dem Satz „Ich

würde halt einfach gerne mit euch befreundet sein."
davon.

Ursula tat Jacky, Juliette, Nora und Johanna nun doch ein bisschen leid. War das jetzt zu viel für Ursula? Würde sie es petzen gehen? Dass sie ausgeschlossen wurde und so einen Kram? Doch auch fünf Minuten später war von Frau Meißner noch keine Spur. Umso besser.

„Sorry, Leute, aber jetzt bin ich alles los, was ich der schon unbedingt mal sagen wollte!", entschuldigte sich Franzi und ging ins Haus, wo sich die Klasse versammelte.

Wortlos gingen auch die anderen wieder rein. Arme Ursula! Sie war ja schon irgendwie doof, aber eben genauso nur ein Mensch mit Stärken und Schwächen. Vielleicht sollte Franzi das auch mal so sehen. Doch die war auf Ursula auch zwei Stunden später bei der Führung durch die Weinberge noch nicht gut zu sprechen. Ständig lenkte sie bei dem Thema ab, oder sagte, sie hätte keine Lust darauf, über die Streberin Ursula zu reden.

„Dann eben nicht!", seufzte Nora mit hochgezogenen Augenbrauen und zuckte mit den Schultern.

„Die Führung war doch echt das Letzte! Total langweilig! Ich war mit Dad schon Millionen Mal in den Weinbergen und Dad hat mir das viel besser erklärt", beschwerte sich Jacky zwei Stunden darauf.

Nach der Führung durch die Weinberge hatte die Klasse Zeit, Bernkastel zu erkunden. Jacky, Juliette, Nora, Johanna und Franzi gingen durch kleinere Straßen an süßen Geschäften vorbei. Ab und zu stöberten sie in ein paar Geschäften.

„Sehe ich auch so!“, stimmte Johanna ihrer Freundin zu. „Franzis Opa hätte das bestimmt auch viel besser gemacht. Der ist doch Winzer und hat mehr Ahnung als der Trottel von vorhin!“

Eine Weile gingen die Mädchen schweigend nebeneinander her.

„Sagt mal, was zieht ihr eigentlich morgen Abend auf der Disco an?“, fragte Nora auf einmal.

„Lasst euch einfach mal überraschen!“, grinste Jacky vielsagend und guckte die anderen erwartungsvoll an.

„Also was richtig Schickes hab ich nicht dabei“, gab Juliette zu, „ich hab mir das Kleid, das ich mir letztes Jahr in Italien gekauft habe, eingepackt. Das kann ich anziehen.“

Vier Köpfe nickten gleichzeitig.

„Ich hab noch gar nichts Schönes für morgen Abend!“, jammerte Johanna.

„Ich hab noch was dabei, das dir gefallen könnte“, fiel Franzi ein.

„Oh, danke, du bist die Beste!“, rief Johanna glücklich, „Oma hat mir nämlich so was Oberpeinliches extra für die Disco gekauft. Aber das will ich auf keinen Fall anziehen! Das ist so ein rosafarbenes T-Shirt mit zwei Katzen drauf, die auf einer Wiese herumtollen! Total schrecklich, echt!“

Die anderen kicherten.

„Nein, jetzt mal ehrlich, Franzi: Danke!“, jauchzte Johanna.

„Nicht verzagen, Franzi fragen!“, meinte Franzi grinsend und sie gingen weiter durch das Städtchen, am Marktplatz vorbei zu einer Eisdiele. Davor blieben sie stehen.

„Habt ihr Lust auf Eis?“, fragte Juliette in die Runde.

Jacky blickte in den Himmel. Die Sonne knallte nur so auf die Köpfe der Freundinnen, der Himmel strahlte wieder blau. Das perfekte Sommer-Wetter und das perfekte Wetter für ein kaltes erfrischendes Eis.

„Ja, total!“, seufzte sie deshalb mit einem sehnsüchtigen Blick auf die verschiedenen Eissorten.

„Ich lad‘ euch ein!“, verkündete Juliette großzügig und die Mädchen stellten sich in der langen Schlange hinten an, um ein Eis zu kaufen.

Als zehn Minuten später jede an ihrem Eis leckte, waren die Freundinnen auf dem Weg zum Brunnen. Dort sollte sich die Mädchenklasse um 15.00 Uhr treffen.

Frau Meißner, Frau Zett und die anderen Schülerinnen waren schon dort, als Jacky, Juliette, Nora, Johanna und Franzi eintrudelten.

„Da seid ihr ja endlich!“, rief Frau Zett, „Na dann können wir ja jetzt endlich wieder in die Jugendherberge zurückgehen.“

Nach dem Abendessen mussten **Die Peppermints** den Abwasch übernehmen.

„Jedes Zimmer muss das mal machen!“, hatte Frau Meißner die Mädchen getröstet. Jacky trocknete gerade ein Glas ab und stellte es in den Schrank.

„Wenigstens müssen wir jetzt keine blöden Spiele mitmachen“, meinte Juliette.

Alles hatte seine guten und schlechten Seiten.

„Ich glaube, Frau Meißner hat vergessen, dass wir zwölf und nicht sieben Jahre alt sind! Spiele spielen! Vielleicht Plumpssack? Das haben wir im zweiten Schuljahr auch immer gespielt!“, schlug Franzi verächtlich vor und lachte auf.

„Am besten lassen wir uns so viel Zeit wie möglich!“, sagte Johanna und schrubbte einen Teller sauber.

Total blöd, dass die hier keine Spülmaschine hatten! Dann sagte keiner mehr etwas, weil die Herbergsmutter, Frau Margen, die Küche betrat.

„Na?“, fragte sie. „Seid ihr schon fertig?“ und sah den Mädchen interessiert zu.

„Nee, aber es dauert bestimmt nicht mehr lange!“, versicherte Juliette der korpulenten Brünette, deren ultrakurze Haare in alle Richtungen abstanden.

„Von ‚Haare kämmen‘ hatte die wohl auch noch nie was gehört!“, schoss es Johanna durch den Kopf. Frau Margen nahm noch eine Weile die Arbeit der Mädchen in Augenschein, dann verließ sie den Raum. Juliette öffnete den Kühlschrank.

„Gut!“, seufzte sie nach einem Blick hinein. „Unsere Sachen sind noch da!“

„Welche Sachen?“, fragte Nora.

„Na, die Getränke, die Trauben, der Käse und der andere Kram! Den hab ich gestern in den Kühlschrank gelegt. Sonst schmeckt das doch nicht mehr! Und die Süßigkeiten liegen da hinten im Schrank“, klärte Juliette sie auf und zeigte erst auf den Kühlschrank, dann auf den großen hölzernen Schrank in der linken Ecke der Küche.

Nora nickte langsam, dann wandte sie sich wieder ihren Löffeln zu, die sie gerade am Abwaschen war. Man, war das langweilig! Ihrer Meinung nach hätten sie auch Spiele spielen könne, so kindisch das auch sein mochte. Es war jedenfalls besser als ekliges benutztes Besteck und Teller von Mitschülern von Hand abzuwaschen!

Eine Viertelstunde später waren die Mädchen fertig mit dem Abwasch. Sie liefen um die Wette die Treppen zu ihrem Zimmer hoch, das ja als Gemeinschaftsraum diente. Oben angekommen drückten sie die Türklinke hinunter und sahen ihre Klasse mit Frau Meißner und Frau Zett im Kreis auf dem Boden sitzen. Niemand außer Ursula und Ramona sah begeistert aus, von dem, was sie da taten. Sie spielten Menschenmemory! Franzi grinste schadenfroh. Wie gut, dass sie den Abwasch hatten übernehmen müssen!

Einige der Schülerinnen warfen Jacky, Juliette, Nora, Johanna und Franzi neidische Blicke zu. Manche waren gelangweilt, manche genervt.

„Menschenmemory!“, kicherte Johanna im Flüsterton, während sie sich mit den anderen dazusetzte. „Das haben wir im Kindergarten auch immer gespielt! Süß!“

Frau Meißner warf den Freundinnen einen strengen Blick zu. Anscheinend hatte sie was gehört und war doch nicht ganz so taub, wie **Die Peppermints** immer gedacht hatten.

Die beiden Lehrerinnen verkündeten nun, dass die Klasse jetzt entscheiden durfte, was sie spielten.

„Oh, wie großzügig!“, murmelte Jacky leise.

Chantal schlug Karaoke vor, worauf Frau Zett erwiderte, dass die dafür benötigten Utensilien nicht vorhanden waren. Ursula war auf die „geniale“ Idee gekommen, ein Mathematik-Spiel zu spielen, wozu aber keiner Lust hatte, außer sie selbst und Ramona natürlich. Am Ende diskutierten alle dann so laut über ein vernünftiges Spiel, dass es zu keinem Entschluss kam und die einzelnen Grüppchen der Mädchen ihre eigenen Dinge machten.

Jacky, Juliette, Nora, Johanna und Franzi spielten wieder einmal Wahrheit oder Pflicht. Gerade wollte Juliette Nora eine besonders knifflige Aufgabe stellen, da schlug Frau Meißner auf eine Triangel. Daraufhin war es sofort still.

„Ihr macht euch jetzt bitte nacheinander bettfertig! Es ist fast 22.00 Uhr. Um 24.00 Uhr will ich kein einziges Gespräch mehr mitbekommen, ja? Und bleibt bitte auf euren Zimmern. Das ist sonst so ein Krach!“, wies Frau Meißner die Schülerinnen an.

Die Peppermints sprinteten schnell ins Badezimmer, nachdem sie eilig nach ihren Kulturbeuteln gegriffen hatten und sperrten die Tür hinter sich zu.

„Puh! Geschafft!“, japste Nora. „Ich hätte echt keine Lust gehabt, zu warten, bis alle anderen fertig sind! Jetzt sind wir die Ersten!“

Ihre Freundinnen stimmten ihr zu, wuschen sich, streiften sich ihre Nachthemden über und putzten sich die Zähne.

„Wieso haben die für eine Klasse mit 32 Schülerinnen nur drei Waschbecken?", beschwerte sich Johanna, während sie ihren Kulturbeutel zusammenpackte. Vor der Tür des Badezimmers stand schon die halbe Klasse Schlange und klopfte andauernd an die Tür.

„Weil diese Jugendherberge eigentlich nur für 28 Personen gedacht ist und wir deshalb übrigens auch im Gemeinschaftsraum übernachten! Es gibt zu wenige Betten!", antwortete Nora.

Franzi verdrehte die Augen.

„Und selbst für 28 Schüler würden drei Waschbecken nicht reichen! Selbst von den Duschen haben die nur zwei!", meinte sie dann und drehte den Schlüssel im Schloss herum. Sofort stürmten drei anstehende Mitschülerinnen in den Waschraum.

Im Gemeinschaftsraum angekommen legte sich jede der Freundinnen auf ihre dicke Matratze in ihren Schlafsack. Franzi beobachtete Nora dabei, wie sie ein kleines Stofftier, das vermutlich ein Hase sein sollte, verstohlen an sich knuddelte. Nora war eben noch ein bisschen kindlich. Sie hing an alten Sachen, so wie an ihrem Stoffschwein, das sie nachher als „Karlchen" vorstellte.

„Wie kommst du denn auf Karlchen?", wollte Franzi wissen.

Nora zuckte mit den Schultern und meinte nur: „Meine Oma hieß Karlotta."

„Hieß?", fragte Juliette vorsichtig nach. Nora nickte.

„Das tut mir leid für dich", murmelte Jacky mitfühlend. Sie hatte eine dünne Haut.

„Wisst ihr, Oma ist vor zweieinhalb Jahren gestorben. An meinem Geburtstag. Das war sehr … schlimm für mich. Ich hab‘ von ihr die Schreibmaschine geerbt, die ich Johanna schon einmal gezeigt habe. Und ich hab‘ noch was von ihr aufbewahrt …“, erzählte Nora traurig und leise.

Die anderen wurden von ihrer Traurigkeit angesteckt. Mitleidig sahen ihre Freundinnen in Noras Richtung. Doch viel konnten sie bei der Dunkelheit im Raum nicht erkennen. Nora knipste ihre Taschenlampe an, öffnete eine Seitentasche ihres Koffers und zog geschätzte 20 aufeinander gestapelte zusammengebundene Papiere heraus. Es waren alte Briefmarken. Es waren alte, zerfledderte und vergilbte Briefmarken.

„Ich hab die Briefmarken auf Omas Dachboden gefunden, als wir alles ausgeräumt haben. Das war kurz nach ihrem Tod. Und weil ich eine Erinnerung an Oma brauchte, habe ich mir die Briefmarken heimlich mitgenommen. Ich habe sie dabei, weil sie mich an Oma erinnern und sie mir Glück bringen. Man weiß ja nie … Das war bis jetzt mein Geheimnis. Ich hoffe also, dass ihr es mir zuliebe nicht weitererzählt!“, beendete Nora ihren Bericht.

Sie knipste ihre Taschenlampe aus. Mit dem Ärmel ihres Nachthemds wischte sie sich die Tränen aus den Augen.

Wie gut, dass niemand sie weinen sehen konnte. Es war ja zum Glück dunkel im Zimmer. Doch auch so spürte Nora die mitleidigen Blicke ihrer Freundinnen auf sich gerichtet. Das war ein blödes Gefühl. Sie wollte kein Mitleid und sie wollte auch nicht, dass irgendjemand dachte, sie wollte es haben.

„Lasst uns über etwas anderes reden“, flüsterte Nora deshalb tonlos, „oder wollt ihr schlafen?“

„Ich bin irgendwie schon müde“, gähnte Juliette.

Es war still im Zimmer.

Dann hörte Nora nur noch das Schnarchen von Jacky und das gleichmäßige Atmen der anderen. Sie waren eingeschlafen. Und das wollte Nora jetzt auch tun. Schlafen, sich ausruhen. Doch das war gar nicht so einfach! Die halbe Nacht wälzte sich Nora auf ihrer Matratze hin und her. Sie konnte einfach nicht einschlafen! Irgendwann funktionierte es dennoch und auch diese Nacht ging zu Ende.

Eine schokoladensüße Wanderung

Am nächsten Morgen war die 6b nach dem Frühstück schon bald aufgebrochen, um zum Schwimmbad zu wandern. Dort wollten sie lächerliche eineinhalb Stunden bleiben, um in winzigen Schwimmbecken voller Babypisse wahrscheinlich wieder irgendwelche dämlichen kindischen Spiele zu spielen. Wieso, fragten sich die Freundinnen, war nicht ihre Erdkundelehrerin als Begleitperson mitgekommen? Die war total cool und locker drauf.

Auf dem steinigen, schlecht begehbaren Weg zum Schwimmbad herrschte gelangweilte Stimmung. Bis jetzt war die Klassenfahrt total daneben! Aber wer wusste, was sonst noch geplant war. Und außerdem wusste noch niemand, dass es noch richtig krachen würde. Und zwar heute Abend bei der Disco!

„Mir ist langweilig!“, murrte Jacky. Sie guckte, als würde es seit sieben Tagen regnen.

„Iss etwas“, schlug Franzi vor, „das klappt bei mir immer! Wenn ich was gegessen habe, habe ich wieder Energie zu mir genommen und dann kann ich besser denken und mir fällt was ein, was ich tun kann!“

„Ich hab‘ jetzt Lust auf Schokolade!“, verkündete Jacky feierlich, „Hat zufällig jemand welche dabei?“

Johanna nahm ihren Rucksack von den Schultern und kramte in ihm. Nachdem sie etwas länger gesucht hatte und die anderen Schülerinnen, Frau Meißner und Frau Zett ihnen schon mindestens fünfzig Meter voraus waren, fand sie eine große Tafel Vollmilch – und eine Riesentafel Bitterschokolade. Zufrieden nickte sie, legte – um die restliche Klasse wieder einzuholen – mit ihren Freundinnen einen kleinen Zwischensprint ein und teilte die Schokolade mit Jacky, Juliette, Nora und Franzi ganz gerecht. Jacky ließ ihre Bitterschokolade langsam am Gaumen zergehen. Sie genoss diese Köstlichkeit. Schließlich sollte die Schokolade auch etwas bewirken. Jacky hatte nämlich schon oft gelesen, dass Schokolade gut für die Seele war und sie beruhigte. Bei einem solch unlustigen Ausflug mit den langweiligsten Lehrerinnen der Welt brauchte man einfach ein Beruhigungsmittel. Und kurze Zeit später wirkte es auch schon.

Wie Franzi prophezeit hatte, spürte Jacky neue Energie in sich. Na, also! Von wegen Schokolade war ungesund! Für die Seele jedenfalls war sie perfekt. Und dann auch noch so lecker, dass die Freundinnen sich sofort noch ein Stück Schokolade abbrachen.

Einige Zeit später stand die Klasse vor einem eisernen Tor, hinter dem man drei Schwimmbecken mit einer Rutsche und einem Springturm sehen konnte. Ein Freibad also. Ein dicker Mann mit nur noch wenigen Haaren auf dem Kopf kam aus einem kleinen Häuschen neben der Rutsche heraus.

„Guten Tag!“, begrüßte er die Klasse, als er das Tor von innen aufgesperrt hatte, und schüttelte den Lehrerinnen nacheinander die Hand. „Deibel mein Name, ich bin hier der Leiter des Schwimmbads, wir hatten telefoniert wegen der Reservierung der Liegen!"

„Freut mich!", behauptete Frau Meißner, ohne mit der Wimper zu zucken und lächelte dabei auch noch blöde.

„So, Kinder, für die halbe Klasse sind Liegen reserviert worden, die anderen dürfen sich ins Gras setzten. Auch sehr bequem!", grinste der Mann.

Einige Mitschülerinnen von Jacky, Juliette, Nora, Johanna und Franzi stürmten sofort auf die Liegen zu. Franzi und ihre Freundinnen jedoch machten es sich freiwillig auf der pfefferminzgrünen Wiese bequem.

„Kannst du mal kurz das Handtuch vor mich halten, während ich mich umziehe?", bat Nora Juliette.

„Klar doch", erwiderte Juliette und griff schon nach Noras Handtuch. Als Nora ihre Badesachen angezogen hatte, taten hielten die Freundinnen sich gegenseitig das Handtuch. Nun waren alle umgezogen.

„Aah, ist das Wasser kalt!", quiekte Juliette entsetzt und zog ihren Fuß blitzschnell wieder aus dem Wasser. Das tat sie so schnell, dass sie Johanna versehentlich nass spritzte. Johanna riss ihre Augen und ihren Mund weit auf. Dann schrie sie „Arschbombe!" und sprang ins Wasser, wodurch Juliette und die anderen nass wurden.

„Na warte!", kreischte Franzi und spritzte ihre Freundinnen nass.

Am Ende veranstalteten die Mädchen eine wilde Wasserschlacht, bei der schließlich die ganze Klasse mitmachte. Irgendwie machte es Spaß und der langweilige Ausflug war dann doch nicht so langweilig.

Wieder in der Jugendherberge angekommen, stopften sich Jacky, Juliette, Nora, Johanna und Franzi wieder voll mit Schokolade. Sie standen in der Küche der Jugendherberge und bereiteten alles für die Disco vor.

„Lecker!", schwärmte Juliette augenverdrehend und brach sich noch ein Stück von der Schokoladentafel ab, das sie kurz darauf in ihren Mund steckte. Für Süßigkeiten waren sie und ihre Schwester immer zu haben.

„Jetzt ist aber genug!", mahnte Nora streng, „Für die Disco soll ja auch noch was übrigbleiben!"

„Für die Disco sind noch drei ganze Tafeln Schokolade da", gab Jacky genervt zurück und presste ihre Orange weiter.

Mit einem angestrengten Blick drückte sie die Zitrusfrucht auf die Saftpresse. Als sie endlich einen halben Liter Saft in ihrem Messbecher hatte, gab sie das kleine Gerät an Franzi weiter, die aus den Erdbeeren ebenfalls Saft machte. Als schließlich mehrere selbst gepresste Fruchtesäfte beisammen waren, mischte Johanna sie in einem Mixer zu verschiedenen Cocktails. Franzi goss sich ein halbes Glas ein und kostete.

„Eine tolle Kreation!", stellte sie fest und reichte das Glas an die anderen weiter. Nickend stimmten sie ihr zu.

„Die Süßigkeiten sind in Schalen gefüllt, die Cocktails gemixt, der Stick mit der Musik ist schon oben und der CD-Player auch. So, dann sind wir doch jetzt fertig, oder?", fasste Jacky zusammen.

„Mir fällt nichts mehr ein, was wir noch machen könnten. Also dann, los geht's!", meinte Johanna und die

Freundinnen transportierten ihren Kram schnell nach oben in den Gemeinschaftsraum.

Oben sah sich Franzi um, die Hände in die Hüften gestemmt und gab Anweisungen, wie Jacky, Juliette, Nora und Johanna die Tische stellen sollten.

„Ja, ein bisschen weiter nach rechts … gut, gut, so ist gut! Abstellen! Und jetzt legt die hellgrüne Tischdecke auf die Tische … Ja, dass sieht toll aus! Danke, Johanna für die großzügige Spende! Dann können wir jetzt das Büfett fertig vorbereiten. Jacky, du nimmst die Schüssel mit den Schokoladenstücken und stellst sie direkt an den Anfang, daneben kommen die Gummibärchen …, daneben die sauren Gummibärchen und dann die Schüsseln mit den Chips. Ja, gut! Und nebendran kommen dann noch das Salzgebäck, eure amerikanischen Kekse und Würstchen und die Getränke. Stellt die Getränkeflaschen nicht vereinzelt hin. Das sieht nicht schön aus … So ist schon besser! Ja, super! Sieht richtig professionell aus! Auch so mit der Dekoration … Toll!“, wies Franzi die anderen an.

Etwas erschöpft setzten sich ihre Freundinnen auf den Rand der Bühne, um ein wenig zu verschnaufen.

„Ja, klasse!“, seufzte Nora und betrachtete das Werk der Mädchen.

Es sah wirklich schön aus. Über den zwei aneinandergereihten Tischen lag eine hellgrüne Tischdecke, die Johanna mitgebracht hatte. Auf den Tischen standen, schön platziert und wie Franzi es haben wollte, die Snacks und die Getränke. Mehrere aufeinandergestapelte Becher standen auch auf dem Büfett. Gleich konnte sich jede der Mitschülerinnen einen nehmen und den leckeren Fruchtcocktail probieren.

An den Fenstern hingen glänzende Spiralen – passend zur Tischdecke auch in hellgrün, sowie in lila. Die Spiralen gaben der Disco das, was eine echte Disco ausmachte, fand Juliette und lächelte.

Franzi hatte für mehrere kleine – und eine größere Discokugel gesorgt, die den Raum in wechselnd buntes Licht tauchten und alles glitzern ließen. Es sah wunderschön aus! Und das war ihr Werk gewesen! Toll!

„Wir sollten uns jetzt mal umziehen!“, schlug Johanna vor.

Die Mädchen waren einverstanden und wenig später bewunderten sie gegenseitig ihre Outfits.

Nora trug das schöne Top mit der kurzen Hose darunter, das die Freundinnen zusammen gekauft hatten. Ihre Haare hatte sie mit ein paar glitzernden funkelnden Haarspangen zu einer kunstvollen Hochsteckfrisur zusammengesteckt. Das stand ihr wirklich gut! Nora war richtig hübsch, wenn sie sich mal ein bisschen herausputzte!

Juliette trug ihr Kleid aus Italien. Um die Hüfte trug sie einen Gürtel, der dem Outfit als Accessoires diente. Jacky hatte ihr bei der Auswahl geholfen. Schick!

Johanna hatte einen kurzen Jeansrock mit ein paar Flicken und Falten an, den Franzi ihr geliehen hatte. Dazu trug sie ein dunkelrotes Top mit Spagettiträgern, das oben eng und unten etwas weiter war. Auch das Top war von Franzi.

Jacky hatte sich ordentlich in Schale geschmissen. Wahrscheinlich sah sie von allen am glamourösesten aus. Wie ein echtes Glamourgirl! Sie hatte ein oben eng anliegendes, hellgrünes, stylisches Paillettentop, das kurz bis über die Hüfte ging, an und darunter trug sie eine glänzende Dreiviertel-Leggings in dunkelgrün. Wunderschön!

„Wow!", hauchte Nora und starrte ihre Freundin mit großen Augen an. „Du siehst umwerfend aus, Jacky!"

Die anderen nickten. Doch sagen konnte keiner etwas. Jacky strahlte.

„Ja, findet ihr? Danke! Das hab' ich selbst genäht", lächelte sie und betrachtete die Outfits der anderen ein bisschen mitleidig, besonders Franzis gelbes Kleid.

„Ich stecke mal den Stick mit der Musik in den Player, okay?", lenkte Juliette ab und ging zu ihrem Koffer rüber. Jetzt fingen sich auch die anderen wieder. Juliette kramte geschätzte fünf Minuten in ihrem Koffer.

„Ich find' den Stick nicht!", sagte sie schließlich erschrocken und schaute die Mädchen an.

„Wo hast du ihn denn wieder hingesteckt?", schimpfte Jacky vorwurfsvoll und funkelte ihre Schwester an. „Wenn wir den Musik-Stick jetzt nicht finden, hast du die ganze Party versaut!"

Juliette schlug sich verzweifelt die Hände vors Gesicht. Sie fühlte sich furchtbar. Jetzt, wo sie alles so schön vorbereitet hatten, machte sie alles kaputt! Das war wieder typisch für sie. In Gedanken beschimpfte sie sich selbst als dumme Kuh und wünschte, das wäre alles nur ein Albtraum, der gleich vorbei sein würde. Schön wär's!

„Okay, macht mal keine Panik! Wir suchen den Stick jetzt gemeinsam und finden ihn bestimmt irgendwo!", versuchte Franzi, ihre Freundinnen zu beruhigen und fing an zu suchen.

„So wie ich Juliette kenne, hat sie den Stick zu Hause liegen lassen! Die kriegt ja auch alles verschlampt! Dabei hatte ich extra gesagt: ‚Pack' den Musik-Stick ein, Juli!' und Juliette hat behauptet, sie hätte das gemacht und ... oah!", regte sich Jacky auf.

„Jacky, hör auf!", mahnte Nora.

Juliette fing an zu weinen.

„Immer versaue ich alles!", schluchzte sie traurig, „Am ... am besten wäre ich gar nicht ... mitgekommen! Dann hätte Jacky den Stick selbst ... eingepackt und die Disco wäre ... gerettet!"

Juliette weinte und weinte und war gar nicht mehr zu beruhigen.

„Juliette, mach dir keine Vorwürfe!", seufzte Johanna und streichelte Juliette beruhigend über den Rücken. Juliette heulte weiter.

„Doch!", schniefte sie. Ihr Herz raste. Sie atmete ungleichmäßig. Franzi und Jacky suchten den Stick.

„Jetzt hast du ihr die ganze Schuld eingeredet!", zischte Franzi Jacky ärgerlich zu.

Jacky hob ihren Kopf und für einen kurzen Moment kam sie den anderen wie eine richtig arrogante Zicke vor. Sie zeigte ja gar kein Mitgefühl für ihre Schwester. Es tat Juliette doch leid.

„Komm jetzt, Juliette, hör auf zu weinen, ich bin mir sicher, wir finden das Ding!", meinte Franzi und wühlte in einem Seitenfach des Koffers.

Gerade als Juliette sagen wollte „Ihr findet ihn eh‘ nicht! Ich bin halt zu blöd, um einen Stick einzupacken!“ rief Franzi triumphierend: „Ha, ich hab ihn! Der Stick war in einem Seitenfach deines Koffers, Juliette! Siehste! Hab ich doch gesagt!“

Tränen der Erleichterung liefen Juliette über die Wangen.

„Du bist gar nicht zu blöd, um einen Stick einzustecken!“, grinste Nora und klopfte Juliette auf die Schulter.

„Willst du dich vielleicht mal bei deiner Schwester entschuldigen? Immerhin hat sie die ganze Zeit nur wegen dir geheult!“, fragte Franzi vorwurfsvoll.

„Wieso hat sie denn wegen mir geheult?“, fragte Jacky zurück.

„Weil du ihr eingeredet hast, dass sie immer alles verschlampt und immer alles falsch macht. Deshalb, Jacky! Und jetzt mach, oder ich schmeiß‘ dich raus!“, befahl Franzi und guckte richtig sauer.

Sie hatte mal wieder gezeigt, wie viel Temperament sie hatte. Jacky sah empört aus, die anderen erwartungsvoll. Mit offenem Mund starrte Jacky Franzi an.

„Mach den Mund besser zu, das sieht total bescheuert aus!“, riet Franzi ihr in einem nun etwas ruhigeren Ton.

Jetzt wurde Jacky wütend. Was bildete sich Franzi eigentlich ein? Sie war hier nicht die Chefin und sie hatte ihr eigenes Leben und konnte tun und lassen, was sie wollte! Trotzdem fand sie auch, dass sie sich entschuldigen sollte. Zumindest bei Juliette. Sonst waren sie doch auch immer das perfekt eingespielte Zwillings-Team.

Das durfte sich jetzt nicht ändern! Also ging sie auf Juliette zu und sah ihr in die Augen.

„Entschuldigung! Es tut mir leid! Ich wollte dir nicht einreden, wie blöd du bist, ich hab überreagiert und ... war halt einfach sauer ...“, murmelte sie, doch sie meinte es ehrlich und das merkte man auch.

Jacky sah ihre Schwester an.

„Verzeihst du mir?“, sollte ihr Blick heißen. Juliette verstand. Sie lächelte. Sie stand auf und umarmte ihre Schwester.

„Klar doch! You are my twinsister!“, seufzte sie lächelnd.

Nora und Johanna wischten sich bei dieser Szene vor Rührung ein paar Tränchen weg.

Schwesternliebe! Wie schön! Wenn das mit ihren Geschwistern nur auch immer so funktionieren würde, dachte Johanna. Doch jetzt hatten sie anderes zu tun!

„So, ihr zwei könnt ja jetzt die Klasse holen gehen. Ich stecke mal den Stick ein und wenn die Musik läuft, begrüßen Franzi und Nora unsere Mitschülerinnen an der Eingangstür. Und vergesst nicht, jedem eine Eintrittskarte zu geben, Zwillinge! An der Tür kann dann jeder einen Euro bei Franzi und Nora abgeben!“, bestimmte Johanna. Und genau so wurde es gemacht.

Zehn Minuten später waren Frau Zett, Frau Meißner und die gesamte 6b im Gemeinschaftsraum versammelt. **Die Peppermints** traten auf die Bühne.

„Hallo Leute!“, begrüßte Franzi die Klasse. „Wir haben euch in den Gemeinschaftsraum eingeladen, weil wir eine kleine Überraschung vorbereitet haben. Es findet hier jetzt eine Disco statt für euch alle. Dafür der eine Euro von jedem."

Johanna machte weiter: „Für die nächsten zwei Stunden haben wir hier für Musik, ein bisschen Programm und auch Snacks und Getränke gesorgt. Ihr könnt euch selbst bedienen!"

Und mit Juliettes Satz „Das Büfett ist eröffnet!" brach lauter Jubel aus. Klar, niemand hatte mit einer solch coolen Überraschungsdisco gerechnet. Jacky und ihre Freundinnen verließen die Bühne und drehten die Musik laut auf. Sofort fingen die Mädchen und ihre Mitschülerinnen an, wild zu tanzen. Immer wieder freute sich die Bande über das Lob der anderen für die viele Mühe und die tolle Party. Die Stimmung war sensationell. Die Dekoration machte alles noch viel schöner und die halbe Dunkelheit im Raum machte alles so echt wie in einer richtigen Disco für Erwachsene. Aber ehrlich gesagt: Besser konnte eine richtige Disco kaum sein!

Frau Meißner steuerte auf Jacky, Juliette, Nora, Johanna und Franzi zu.

„Das habt ihr richtig schön gemacht, ihr fünf! Ihr seid wirklich ein gutes Team!", lobte sie. Die Freundinnen grinsten sich an. **Die Peppermints** waren eben die beste Bande! Mutig, cool und stark, wie es im Bandensong hieß.

Jetzt kam auch Frau Zett dazu. Sie wippte im Takt zur Musik hin und her, fing kurz darauf an, wild zu tanzen und war in richtiger Party-Stimmung. Sie sah gerade mindestens zehn Jahre jünger aus. Vielleicht war sie beschwipst, war Franzis erster Gedanke. Aber wovon?

Die Mädchen hatten doch gar keinen Alkohol in irgendetwas hineingetan. Vielleicht war Frau Zett aber auch einfach doch nicht so schlimm.

„Echt eine coole Party!“, rief sie den Mädchen zu und tanzte lachend. „Schon lange her, dass ich mal in einer Disco war!“

Dann ging sie wankend zum Büfett, nahm sich einen Becher Cocktail und eine Pappteller mit Schokolade und Chips.

Komischer Mix! Na ja, diese Frau Zett war eben ein bisschen verrückt! Jacky betrachtete ihre frisch lackierten türkisfarbenen Fingernägel. Zufrieden über die außergewöhnliche Farbe lächelte sie, schaute auf und wollte ihren Freundinnen gerade vorschlagen zu tanzen, da wurde sie schon von einer Hand auf die Tanzfläche gezogen. Jacky sah sich um. Es war Johanna gewesen, die genau wie die anderen schon wild zu dem Lied, das gerade lief, tanzte.

Erst eine Stunde später legten **Die Peppermints** eine kleine Pause ein und tranken Cola (natürlich Frau Meißner zuliebe nur ohne Zucker) und aßen Chips, Gummibärchen, Schokolade und all den anderen Süßkram.

„Boah, macht das Spaß!“, schnaufte Nora.

Beim Tanzen hatten sie alles so richtig rausgelassen und waren total abgegangen, hatten wild getanzt und noch dazu richtig viel Spaß gehabt. Jacky und Juliette hatten Nora noch nie so wild gesehen und hätten ihr das auch, ehrlich gesagt, niemals zugetraut. Grinsend schauten sie Nora nach, die wieder auf die Tanzfläche hüpfte und sich im Takt zur Musik bewegte.

„Ich hätte nie gedacht, dass Nora so tanzen kann!", gab Jacky leise zu.

„Ich auch nicht!", meinte Franzi und beobachtete Nora unauffällig.

„Und ich verstehe einfach nicht, dass die Zeit so schnell vergeht", seufzte Johanna nach einem Blick auf die Uhr, „wir müssen schon in einer halben Stunde ins Bett gehen!"

Die anderen stöhnten. Die Zeit verging viel zu schnell!

Abfahrt!

Am nächsten Morgen um 11.00 Uhr saß die 6b schon im Bus, der sie wieder zu ihrem Gymnasium bringen sollte. Vor zwei Minuten war er abgefahren. Die halbe Klasse schlief. Jacky, Nora und Franzi auch. Johanna dachte an die Disco. Gestern Abend hatten noch zwei Schülerinnen der Klasse Karaoke gesungen. Johanna hatte dafür eine Mappe Liedtexte und CDs mit Playback-Versionen mitgenommen. Es war noch total lustig geworden. Vor allem, als dann auch noch Frau Meißner und Frau Zett „Monster" gesungen hatten. Die Klasse hatte sich kaputtgelacht und den beiden Lehrerinnen hatte das nicht einmal etwas ausgemacht. Mutig hatten sie falsch weitergesungen und dazu auch noch getanzt! Mann, war das cool gewesen! Und aus 22.00 Uhr Schlafenszeit wurde 23.20 Uhr.

Johanna musste lächeln. Die Klassenfahrt war zwar kurz, aber auch wirklich schön gewesen.

Heute Morgen hatten **Die Peppermints** noch nicht einmal den Gemeinschaftsraum allein aufräumen müssen. Das hatten einige Mitschülerinnen als Dankeschön für die Disco mit übernommen, so dass die Freundinnen möglichst lange schlafen konnten. Es gab also auch noch nette Klassenkameradinnen. Schön!

Juliette dachte an das leckere Frühstück heute Morgen und daran, dass selbst die Zicken plötzlich nett zu ihr gewesen waren. Und in einer Mädchenklasse gab es einige davon ... Juliette war immer noch erleichtert darüber, dass Franzi den Stick mit der Musik darauf gestern Abend doch noch gefunden hatte. Sonst wäre alles im Eimer gewesen! Und Jacky in ihrem wunderschönen Top ... Sie sah bezaubernd aus. Wie die Prinzessin im Märchen bei der Hochzeit. Nur ein bisschen moderner und hübscher. Gestern hatte Juliette Jacky bewundert. Sie fand sie so cool und hübsch. Juliette konnte sich vorstellen, dass einige das auch so empfanden. Stimmte ja auch. Aber vielleicht sollte man Jacky nicht allzu sehr bewundern. Sonst tickte die womöglich noch aus, fühlte sich total wichtig und wurde ungenießbar zickig!

Ein Niesen aus dem vorderen Teil des Busses ließ Juliette wieder in die Realität zurückkehren. Über was für Sachen dachte sie eigentlich nach? Sie schüttelte über sich selbst den Kopf und schaute aus dem verstaubten pollenverschmierten Fenster, so gut es ging. Juliette erkannte die Autobahn, auf der sie fuhren wieder. Es war die Autobahn, an deren Ende das Gebäude stand, in dem die Schwimmschule war, die sie mit fünf Jahren besucht hatte. Also waren es noch ungefähr fünfzehn Minuten, bis sie an ihrer Schule ankommen würden. In der Zeit würde sie noch kurz die Augen schließen und sich vom vielen Wandern und dem ganzen Kram ausruhen.

Als Juliette ihre Augen wieder öffnete, hielt der Bus gerade vor dem Gymnasium auf dem Schulhof. Alle waren nun aufgewacht. Einige Schülerinnen räkelten und streckten sich müde und gähnten. Ein paar der Sechstklässlerinnen drängelten sich bereits zum Ausgang, doch das war gar nicht nötig, denn Frau Meißner und Frau Zett wollten noch, dass die Klasse dem Busfahrer applaudierte und sich jeder einzeln bei ihm für die „tolle“ und „bequeme“ Fahrt bedankte.

Vor dem Bus standen schon die Eltern der Mädchen, winkten ihren Töchtern freudig zu und umarmten sie, als wären sie auf Weltreise gewesen. Franzi ging zu ihrer Mutter und gab ihr einen Kuss auf die Wange.

„Hallo Mama!“, rief sie dabei strahlend.

„Hallo Süße!“, grüßte Franzis Mutter und streichelte ihrer Tochter über den Rücken. Dann starrte sie stirnrunzelnd zu den anderen Eltern und deren Kinder.

„Also, man kann‘s auch übertreiben!“, meinte sie kopfschüttelnd. Franzi grinste.

„Findest du nicht auch, dass diese Eltern da drüben da gerade so tun, als ob das Mädel auf Schüleraustausch in Amerika gewesen wäre?“, fragte Frau Ludwig Franzi.

„Ich bin ganz deiner Meinung!“, seufzte sie lächelnd, „Ich geh jetzt mal meinen Koffer holen und dann kannst Du mich zu Papa nach Hause fahren!“

„Okay“, meinte Franzis Mutter nur und sah ihrer Tochter dabei zu, wie sie sich, nachdem sie ihren Koffer aus dem Gepäckraum des Busses gehievt hatte, von ihren Freundinnen verabschiedete und wieder zu ihr kam.

„Na, dann mal los!“, lachte Frau Ludwig, stieg mit Franzi in ihr Auto ein und fuhr davon.

Zu Hause angekommen drehte sich Nora vor dem Spiegel. Sie fand, dass sie auf der Disco wirklich hübsch ausgesehen hatte und beschloss, sich jetzt mal öfter und besser zu stylen.

„Was machst du da? Du solltest doch für die Mathematikarbeit nächste Woche lernen!“, meckerte Noras Mutter, die plötzlich im Türrahmen stand.

Hatte ihre Mutter denn gar kein Verständnis, ging es Nora durch den Kopf.

„Isch mach mir eine Frischur!“, nuschelte sie mit zwei Haarklammern im Mund, während sie weiter an ihrer Hochsteckfrisur herumbastelte.

„Und? Fördert das deine Intelligenz?“, fragte Frau Kauz unfreundlich weiter und verschränkte die Arme vor der Brust. Nora stöhnte.

„Lasch misch mal kurtsch in Ruhe! Komm doch später noch mal!“, nuschelte Nora mit einem säuerlichen Unterton.

„Junge Dame, du nimmst jetzt sofort diese komischen Klammern da aus deinem Mund! Was glaubst du, wie viele Bakterien da dran sind! Das ist ja widerlich! Wo bleiben denn deine Manieren?“, schimpfte Frau Kauz weiter.

Jetzt wurden beide sauer aufeinander. Nora riss sich die Haarklammern energisch aus dem Mund und knallte sie auf den Boden.

„Jetzt mach aber mal halblang hier! Das ist meine Sache und mein Leben und ich kann damit machen, was ich will! Und wenn ich denke, dass ich für die Mathearbeit lernen muss, dann mache ich das auch, kapiert?

So und jetzt verschwinde aus meinem Zimmer, du nervst mich nämlich!“, brüllte Nora wutentbrannt.

Die verdatterte Frau Kauz wich einen Schritt nach hinten, gerade so, dass die Tür krachend direkt vor ihrer Nase zuknallte und von innen abgeschlossen wurde.

Benommen ging Noras Mutter die Treppe hinunter ins Wohnzimmer und musste sich erst einmal setzten. Was hatte sie nur falsch gemacht bei der Erziehung ihrer beiden Kinder? Seitdem ihre Tochter mit dieser Jacky und deren Zwillingsschwester, mit Johanna und Franzi befreundet war, hatte Nora gar keinen Respekt mehr vor ihr! Eine Unverschämtheit!

Nora saß inzwischen auf ihrem Bett. Was erlaubte sich ihre Mutter eigentlich? Bestimmte einfach über sie und wollte ihr vorschreiben, was sie zu tun und zu lassen hatte. Das gab's ja wohl nicht! Franzi und die anderen hatten recht gehabt: Ihre Mutter war der absolute Horror!

Zwei ganze Stunden lag Nora auf ihrem Bett, starrte mürrisch Löcher in die Wand und kam schließlich zu einem Entschluss: An ihrer Mutter musste sich etwas ändern! Und zwar schnellstmöglich, sonst würde Nora noch ausflippen!

Am nächsten Morgen gegen 11.00 Uhr trafen sich Jacky, Juliette, Nora, Johanna und Franzi bei Franzi zu Hause, um für den Talentwettbewerb zu proben. Die Mädchen standen mit Franzis Vater im Wohnzimmer. Er spielte Gitarre und die Freundinnen sangen dazu abwechselnd die Strophen und den Refrain gemeinsam.

Als sie das Lied vier Mal gesungen hatten, waren alle zufrieden.

„So, das ist im Kasten! Ihr kriegt das schon hin nächste Woche!“, meinte Herr Ludwig und stellte seine Gitarre ab. „Wie seid ihr fünf eigentlich auf die Idee gekommen, bei diesem Talentwettbewerb mitzumachen?“

Unsicher schauten sich Jacky, Juliette, Nora, Johanna und Franzi an. Eigentlich war ja Franzi auf die Idee gekommen und nicht alle zusammen. Und ursprünglich wollten die Freundinnen ja auch gar nicht mitmachen.

„Mhm ... Also, wir hatten das Plakat in der Schule gesehen und da dachten wir sofort ‚Da müssen wir unbedingt mitmachen und ja ... Spaß haben, vielleicht sogar gewinnen!‘ und dann waren wir alle von der Idee so angetan, und dann haben wir beschlossen, beim Talentwettbewerb mitzumachen, indem wir singen!“, log Juliette ungeheuer glaubwürdig.

„Aha, schön!“, rief Franzis Vater, der nun in der Küche stand. „Möchtet ihr auch einen Kakao haben?“

„Jaaaaaaaa!“, kam es aus dem Wohnzimmer einstimmig und einige Minuten später saß die Bande mit Herrn Ludwig am Tisch und schlürfte Kakao und hinterher Pfefferminztee. Als Franzis Vater aufstand, um Klarissa, die gerade mit Justus das Zimmer betrat, zu begrüßen, flüsterte Nora den anderen zu: „Bandenbesprechung gleich in Franzis Zimmer? Hab ein Problem!“

Die anderen nickten, dann sagten sie erst einmal Klarissa anstandshalber „Hallo“.

Erst zehn Minuten darauf verschwanden sie in Franzis großem Zimmer und schlossen die Tür hinter sich.

Jacky, Juliette und Nora setzten sich auf Franzis Bett, Johanna und Franzi ließen sich auf dem Boden nieder.

„Es ist so“, fing Nora an zu berichten, „gestern habe ich mal gemerkt, wie sehr Mama mich nervt. Sie will einfach immer über mich bestimmen! Ich mache mir gerade eine Frisur, da steht sie in meinem Zimmer und sagt, ich solle gefälligst lernen! Wenn ich Tagebuch schreibe, soll ich lernen. Und wenn ich mich mit euch treffen will, soll ich auch lernen. Das nervt einfach und ich könnte ihr jeden Moment, in dem sie mein Leben in ihre Hand nimmt, an die Gurgel springen!“

Nora regte sich fürchterlich auf und wurde ziemlich laut.

„Ja, ähm, ich kann dich ja verstehen, aber reg dich erst mal ab“, beschwichtigte Juliette das Ganze.

Nora sah beschämt zu Boden. Sie musste sich jetzt beherrschen!

„Du hasst deine Mutter also im Moment und hast überdimensionale Probleme mit ihr, richtig?“, fasste Johanna zusammen.

Nora nickte.

„Und jetzt sollen wir dir helfen, deine gestörte, pardon, verrückte Mutter … normal werden zu lassen!?“, fragte Jacky Nora etwas ungläubig.

„Ganz genau, so hab‘ ich mir das gedacht!“, bestätigte Nora.

„Du weißt schon, dass das kaum geht. Deiner Mutter ist quasi nicht mehr zu helfen!“, wand Franzi ein.

Nora seufzte.

„Irgendwie muss man Mama doch normal kriegen können!“, murrte sie.

Die anderen schauten sich schulterzuckend an. Jetzt war es still im Raum. Die Mädchen suchten nach einer Lösung für Noras scheinbar unlösbares Problem. Niemandem fiel etwas ein.

Doch nach einer Weile hatte Franzi die Idee: „Hast du vielleicht schon mal daran gedacht, deiner Mama einfach zu sagen, dass du dich so nicht wohl fühlst? Sie will doch sicher auch nur das Beste für dich. Und wenn sie weiß, dass es dich stört, wenn sie so über dich bestimmt, dann hört sie sicher damit auf oder behandelt dich wenigstens nicht mehr so, als wärst du ein Baby!"

„Bist du verrückt? Ich kriege voll den Anschiss, wenn ich Mama das sage!", regte sich Nora auf.

Franzi blieb ruhig.

„Wer sagt denn, dass du es ihr persönlich sagen musst?", grinste sie.

„Wie meinst du das, Franzi?", hakte Johanna nach.

„Nora, morgen sagst du, du machst Hausaufgaben und gehst in dein Zimmer. Du schreibst aber in ein Buch, das dein Tagebuch darstellen soll, wie schlimm es für dich ist, dass dir deine Mutter immer alles verbietet und so was. Lass deine Gefühle so richtig raus und schreibe deine ehrliche Meinung in das Buch. Wenn du hörst, dass deine Mutter die Treppe heraufkommt, um dich zum Essen zu rufen oder sonst was zu tun, verschwindest du schnell ins Badezimmer und lässt dein ‚Tagebuch' offen auf deinem Schreibtisch liegen. Deine Mutter kommt ins Zimmer, merkt, dass du nicht da bist, und geht an deinen Schreibtisch, um deine Hausaufgaben zu kontrollieren. Da liegen aber nicht deine Hausaufgaben, sondern dein gefälschtes Tagebuch, dass sie natürlich lesen wird. Lass ihr Zeit, alles zu lesen und halte dich in der Zeit im Badezimmer auf. Irgendwann wird deine Mutter von selbst wieder hinuntergehen und entweder wütend werden oder … sich bessern!“, erklärte Franzi ihren Plan.

„Hey, das ist genial, Franzi!“, rief Jacky.

„Das klappt ganz sicher!“, meinten auch Juliette und Johanna begeistert.

Nur Nora schaute nicht ganz so überzeugt. Sie schüttelte, an ihren Fingernägeln kauend, den Kopf.

„Mama würde niemals mein Tagebuch lesen!“, rief sie entrüstet, regte sich aber gleich wieder ab. „Ich weiß nicht … Ob das klappt? Vielleicht wird Mama richtig wütend und will mich nicht mehr sehen!“, murmelte Nora.

Franzi schüttelte den Kopf.

„Wenn deine Mutter einfach so auf dein offenes Tagebuch stößt, dann kann sie ja nichts dafür, wenn sie etwas daraus liest. Und wenn deiner Mutter etwas an deinem Wohl liegt, dann wird sie sich ändern und alles dafür tun, dass du nicht mehr so traurig, wütend und enttäuscht bist. Das ist normal. Das würde jede Mutter für ihre Tochter tun!“, meinte sie bestimmt.

Unsicher nickte Nora.

„Okay, ich ziehe es durch!“, seufzte Nora.

Zufrieden nickten die anderen. Irgendwann musste man sich ja mal gegen gemeine Menschen wehren!

Nora macht das schon

Einen Tag darauf sah Nora ihrer Mutter in der Küche dabei zu, wie sie das Mittagessen zubereitete. Jetzt würde ihr Auftritt kommen.

„Ich ... muss dann mal Hausaufgaben machen“, entschuldigte sich Nora, lief die Treppe hoch und verschwand in ihrem Zimmer. Nora setzte sich an ihren Schreibtisch und fischte das leere Buch, das Johanna ihr geschenkt hatte, aus einer Schublade. Das sollte ihr Tagebuch sein. Aber nur für heute. Nora seufzte kurz noch einmal und schrieb ihre ganzen Gefühle, die ihre Mutter betrafen, in ihr „Tagebuch“. Die Wut auf ihre unmögliche Mutter, die ihr alles verbot, und die Traurigkeit, dass Noras Mutter nicht so war wie die von Johanna oder Franzi.

Nora schrieb Fragen und Gedanken auf. Als sie eine halbe Stunde später fertig war, sah das alles sehr echt und glaubwürdig aus. Na ja, das, was sie in das Buch geschrieben hatte, war ja auch wirklich nicht gelogen! Ob ihre Mutter auch wirklich darauf reinfallen würde? Schön wär‘s! Nora hatte ein wenig Bedenken, dass ihre Mutter total ausflippen und sie zu zwei Wochen Hausarrest verdonnern würde. Nein, so weit durfte es einfach nicht kommen! Der Plan war eigentlich perfekt. Aber Nora konnte sich kaum vorstellen, dass ihre Mutter wirklich ihr „Tagebuch“ lesen würde. Und wenn doch, wusste sie nicht, ob sie sich dann über den aufgegangenen Plan freuen oder über den Vertrauensbruch enttäuscht sein sollte. Vielleicht war das alles ein bisschen zu viel für Nora. Jedenfalls war sie so perplex, dass sie erst in allerletzter Sekunde bemerkte, dass jemand die Treppe hochkam. Schnell sprintete sie ins Badezimmer, welches zum Glück direkt neben ihrem Zimmer lag, damit alles nach Plan lief. Durch das Schlüsselloch im Bad hindurch konnte sie ihre Mutter erkennen, die ohne anzuklopfen (das war wieder einmal typisch für Frau Kauz) Noras Zimmer betrat und sich umschaute.

Frau Kauz war verwundert darüber, dass ihre Tochter nirgends zu sehen war, und ging nun weiter in Noras Zimmer hinein, sodass Nora nichts mehr sehen konnte.

Erst zehn Minuten später kam Frau Kauz wieder aus Noras Zimmer heraus und sah ziemlich betroffen aus. Wenn Nora sich nicht täuschte, wischte sich ihre Mutter gerade sogar ein paar Tränchen mit dem Handrücken weg.

„Reue oder Enttäuschung“, schoss es Nora durch den Kopf. Es gab jetzt nur noch zwei Möglichkeiten: Entweder hatte Frau Kauz angebissen, das Tagebuch gelesen und bereute schon alles, oder sie hatte das Tagebuch gelesen und war jetzt enttäuscht über ihre Tochter, dass diese so etwas schrieb.

„Oh, nein!“, flüsterte Nora, stellte sich schnell hinter die Tür des Badezimmers und presste sich an die Wand. Kurz darauf ging die Tür auf und Noras Mutter stand im Bad. Doch sie sah ihre Tochter gar nicht, sondern ging schnurstracks auf die Toilette zu und riss sich ein Stück

Klopapier ab, mit dem sie sich ihre Tränen abwischte und dann hineinschneuzte. Nora versuchte angestrengt, nicht zu atmen. Gerne würde sie ihre Mutter jetzt trösten. Immerhin war sie schuld, dass sie so traurig war. Aber jetzt durfte sie nicht erwischt werden. Das wäre zu peinlich.

Frau Kauz verließ das Badezimmer schniefend und schloss die Tür hinter sich. Nora hörte jetzt nur noch, wie ihre Mutter die Treppe hinunterging. Erleichtert atmete Nora aus. Puh, sie war nicht erwischt worden! Das war schon mal etwas wert! Und jetzt? Sollte Nora jetzt ihre Mutter trösten gehen? Nein, jetzt konnte sie unmöglich einen Rückzieher machen! Immerhin war der Plan so gut und vielleicht gerade dabei, aufzugehen!

Leise schlich Nora die Treppe hinunter und ging in die Küche zu ihrer Mutter. Diese bemerkte Nora wieder nicht. Eine Frechheit! Nicht mal, wenn man im Raum stand, wurde man beachtet. Genau wie sonst. Da wurde sie auch nicht beachtet und alles wurde über ihren Kopf hinweg entschieden. Nora wurde wütend. Jetzt wusste sie wieder, warum sie das alles hier tat!

„Nora, Essen ist fertig!“, rief Frau Kauz und wischte sich schnell eine neue Träne weg.

„Ich bin schon hier!“, antwortete Nora kühl und setzte sich schon einmal an den Esstisch. Verwundert drehte sich Frau Kauz zu ihrer Tochter um, lächelte entschuldigend und setzte sich an den Tisch. Während sie Nora und sich eine Portion Kartoffelpüree mit Erbsen und Möhren auf den Teller häufte, sagte sie seufzend:

„Sag mal, Nora ... also wenn du mit mir über irgendetwas reden möchtest, dann ... ich bin immer für dich da."

Stille. Nora sah ihre Mutter erwartungsvoll mit hochgezogenen Augenbrauen an.

„Ich hab' viele Fehler gemacht", redete Frau Kauz endlich weiter. Es fiel ihr nicht leicht, das zu sagen, was jetzt kam.

„Nora, ich hoffe du kannst mir verzeihen ... ich hab dein Tagebuch gelesen. Es lag ... offen auf deinem Schreibtisch und da ..."

Noras Mutter fing wieder an zu weinen. Sie schluchzte und entschuldigte sich dafür, dass sie das Tagebuch gelesen hatte. Dann fing sie an, sich für noch etwas zu entschuldigen:

„Nora, ich hab gelesen, dass ich dir zu viel verbiete und dass du wirklich sauer auf mich bist. Das möchte ich nicht, also, dass du sauer auf mich bist. Ich ... will es einfach wieder gut machen. Sag mir, was ich tun soll, damit meine Tochter wieder glücklich wird und ... nicht ständig auf mich wütend sein muss. So wie ich damals auf meine Mutter ..."

Nora bemühte sich, nicht zu grinsen. Stattdessen zählte sie auf:

„Also, weißt du, Mama, es ist ganz schön fies von dir, dass du mein Tagebuch gelesen hast, das ist schließlich meine Privatsphäre. Aber ich verzeihe dir, weißt du? Und du hast auch wirklich viel falsch gemacht, worüber ich mich sehr aufgeregt habe. Ich will einfach, dass du nicht einfach immer so über mich bestimmst und mir alles verbietest. Dass du aufhörst, mich hier zu Hause lernen zu lassen, während sich meine Freundinnen im Café oder sonst wo vergnügen! Die sind fast genauso gut in der Schule wie ich und selbst das ist doch nicht wichtig, oder? Wichtig ist doch, dass wir alle glücklich sind und uns nicht streiten und … ich will einfach selbst bestimmen, was ich tue und was nicht, verstehst du?“

Wow, Nora war über sich selbst erstaunt. Das hatte sie sehr emotional ausgedrückt. Ihre Mutter fing schon wieder an zu heulen. Doch Frau Kauz nickte immer wieder und schluchzte:

„Ich wollte ja nur dein Bestes! Aber ich verspreche, dass ich so etwas nicht noch einmal mache, Nora! Bitte verzeihe mir!“

„Ich verzeihe dir, Mama!“, seufzte Nora nach kurzer Stille gnädig.

„Komm her, Nora!“, schniefte Noras Mutter und nahm ihre Tochter in den Arm. „Nora, ich hab dich ganz doll lieb! Und ich hoffe, dass ich das alles wieder gutmachen kann!“

Nun musste auch Nora weinen. Hach, wie rührend! Mutter-Tochter-Liebe …

Friede, Freude, Eierkuchen

Gleich am nächsten Nachmittag trafen sich **Die Peppermints** noch einmal bei Franzi zu Hause. Nora erzählte vom Tag zuvor und dass nun alles gut geworden war. Dass sie sich nun treffen durfte, wann sie wollte und nicht mehr so viel lernen musste. Dass ihr Leben jetzt perfekt war.

Die Mädchen lächelten sich an.

„Das haben wir wieder super hingekriegt, Mädels! Wir sind einfach der Hammer! Nora führt jetzt endlich ein schönes Leben!“, rief Franzi feierlich und stieß mit den anderen ihre Tasse Tee zusammen. Nachdem jede einen Schluck getrunken hatte, bedankte sich Nora bei ihren Freundinnen noch einmal für alles.

„Ohne euch hätte ich mich das nie getraut und alles wäre so doof geblieben wie früher!“, meinte Nora. „Danke, ihr seid die Besten!“

Die Freundinnen kicherten. Das hatte Nora wirklich schön gesagt!

Zwei Stunden später hatten Jacky, Juliette, Nora, Johanna und Franzi den Song für den Talentwettbewerb mindestens fünfzehn Mal geprobt. Alles klappte super. Der französische Text saß, die Melodie war in jedem der fünf Mädchenköpfe drin und die Choreographie war auch perfekt.

„Wenn wir das so am Wettbewerb vorsingen, dann machen wir mindestens den dritten Platz!“, freute sich Juliette.

Die anderen nickten zufrieden.

„Jetzt müssen wir nur noch hoffen, dass wir beim Auftritt vor Aufregung nicht irgendetwas vergessen“, meinte Jacky nachdenklich.

Wahrscheinlich malte sie sich gerade aus, wie sie während des Talentwettbewerbs ausgebuht wurden. Jacky sollte mal nicht so pessimistisch sein!

„Ach, das wird schon!“, prophezeite Johanna gut gelaunt.

Da klingelte ein plötzlich ein Handy.

„Das ist meins!“, meinte Franzi, fand ihr Handy zehn Sekunden später und nahm ab. „Franziska Ludwig“, meldete sie sich.

Franzi schaute erfreut und schaltete den Lautsprecher an, nachdem sich diejenige am anderen Ende der Leitung vorgestellt hatte. Eine Frauenstimme redete:

„... Ich bin ja so froh, meine Tasche wiederzuhaben! Ich stand in einem Klamottengeschäft und hab‘ meine Tasche neben mich auf den Boden gestellt, während ich mich mit einer Freundin unterhalten habe und als ich zur Kasse gehen wollte, bemerkte ich, dass meine Tasche weg war! Ich war total schockiert und bin zur Polizei gegangen. Dann hab ich eine Anzeige erstattet. Ihr seid wirklich ehrliche Finder, du und deine Freundinnen! In der Zeitung wurdet ihr ja auch gelobt und ...“

„In der Zeitung?“, unterbrach Franzi Frau Bergmann unhöflich.

„Ja, in der Zeitung! Habt ihr das denn nicht gelesen? Warte ich lese es dir vor!", meinte Frau Bergmann.

„*Uns!* Sie können *uns* den Artikel gerne vorlesen. Meine Freundinnen hören gerade zufälligerweise mit!", verbesserte Franzi Frau Bergmann.

„Oh, das ist ja eine Überraschung! Hallo ihr vier! Dankeschön auch an euch! Ich lese jetzt mal vor! Also:

„Casinodieb gefasst!

Am späten Samstagabend gelang es der Polizei mithilfe von fünf jungen Mädchen, den Casinodieb, der erst vor Kurzem die Spielbank „Krüger" ausgeraubt hatte, zu fassen. Der bereits wegen mehrfachen Taschenraubs und eines versuchten Einbruchs vorbestrafte Marius K. wollte an jenem Samstag noch einmal in ein Casino einbrechen. Der Polizei ist dieses geplante Vorgehen allerdings noch unergründlich, da sich der Vorbestrafte zu dem Zeitpunkt wegen seiner schlimmen Vergangenheit sowieso schon auf dünnem Eis bewegte. Gerade als er einen Rückzieher machen wollte, wurde Marius K. von den jungen Mädchen entdeckt, die kurz darauf die Polizei alarmierten. Zusammen mit den fünf mutigen Heldinnen gelang es der Polizei, den Verbrecher festzunehmen. Marius K. sitzt nun wegen Einbruchs, Überfalls und mehrfachen Taschendiebstahls für zwei Jahre im Gefängnis.

Das meiste Diebesgut wurde in seiner Wohnung im Norden von Trier sichergestellt und an die rechtmäßigen Besitzer zurückgegeben.

Die Polizei bedankt sich bei den fünf jungen Heldinnen für ihren mutigen Einsatz!"

„Wow", hauchte Franzi perplex.

Sie wurde mit ihren Freundinnen in der Zeitung als „mutige Heldin" beschrieben! Das war so was von genial!

„Und ihr habt den Artikel noch nicht gelesen? Der steht in der Rathauszeitung!", hakte Frau Bergmann nach.

„Nein, den haben wir nicht gesehen!", versicherte Johanna ihr.

„Leute, wir stehen in der Zeitung! Als Detektivinnen quasi!", kreischte Jacky aufgeregt!

Die anderen kreischten nun auch und die Freundinnen fielen sich um den Hals. Dass Frau Bergmann noch am anderen Ende der Leitung war, hatten sie gerade total vergessen. Erst als diese lachte, merkten die Mädchen wieder, dass sie nicht unter sich waren.

„Also", lachte Frau Bergmann, „ich bedanke mich bei euch noch einmal ganz herzlich, dass ihr meine Tasche mit dem Ausweis, dem Führerschein und all dem anderen Kram ehrlich bei der Polizei abgegeben habt! Vielen Dank, ihr fünf!"

„Bitteschön, Frau Bergmann!", grinste Juliette.

„So, dann will ich euer Treffen auch nicht weiter stören! Schönen Tag noch! Danke noch einmal und tschüss!", verabschiedete sich Frau Bergmann.

„Tschüss!", kam es im Chor von den **Peppermints** zurück.

Dann legte Franzi auf. Noch einmal fielen sich die Mädchen kreischend um den Hals. Sie, die Detektivinnen, die mutigen Heldinnen, die jungen Mädchen, die in der Zeitung standen.

„Das ist echt cool!“, meinte Johanna und grinste immer noch.

Nora hingegen warf einen nervösen Blick auf die Uhr.

„Musst du etwa wieder nach Hause, um zu lernen?“, fragte Franzi. „Ich dachte ihr hättet da gestern einiges geändert!“

„Ich wollte um 18.00 Uhr noch mit Mama auf die Kirmes gehen. In unserem Dorf ist dieses Jahr eine. Kommt nicht so oft vor. Und Mama wollte sich mit mir in dieses Ding setzten, mit dem man ganz schnell nach oben und dann wieder nach unten gefahren wird!“, erklärte Nora.

„Ach, wirklich? Na, wenn das so ist! Familiäre Angelegenheiten gehen in deinem Fall vor!“, meinte Johanna, gab Nora, die unsicher von einer zu anderen schaute, einen Schubs zur Tür und wünschte viel Spaß.

Grinsend verließ Nora das Zimmer und rannte aus dem Haus, vor dem schon Noras Mutter hupend im Auto wartete.

„Sagt mal, irgendwie hat unser Plan Frau Kauz ganz schön verändert, findet ihr nicht auch?“, stellte Juliette fest.

Franzi nickte.

„Vorher wäre Noras Mutter doch nie mit ihrer Tochter auf die Kirmes gegangen. Zeitverschwendung, Geldverschwendung, da gab es früher bestimmt tausend Gründe, nicht hinzugehen. Aber jetzt … Als hätten wir ihr eine Gehirnwäsche verpasst …“, vermutete Franzi.

„Ja", stimmte Johanna ihr zu, „aber ich muss jetzt auch langsam nach Hause. Wir gehen noch essen. Ins Sternerestaurant ..."

„Das mit dem Besitzer, der so einen süßen Sohn hat?", erkundigte sich Jacky neugierig.

„Ja, das Restaurant mit dem süßen Jungen", gab Johanna schmunzelnd zu.

„Na dann, nichts wie hin, du mutige Heldin!", trompetete Franzi freudig und verabschiedete sich von Johanna.

Auch die Zwillingsschwestern nahmen zehn Minuten später den nächsten Bus nach Hause.

Franzi warf sich auf ihr Bett. Sie standen in der Zeitung! Das war das Beste überhaupt! Aber eigentlich hatte sie sich mit ihren Freundinnen ja aus einem ganz anderen Grund getroffen: Zum Proben wegen des Talentwettbewerbs! Da hatte sie der Bande ja was eingebrockt. Ein Talentwettbewerb! Himmel, hatte sie sie nicht mehr alle?! Anscheinend nicht!

Lampenfieber und andere Katastrophen

Eine Woche später um 18.00 Uhr war es soweit: Der Talentwettbewerb der Unterstufe stand an! Um 18.01 Uhr standen in der großen Aula des Gymnasiums viele Stühle und ein Pult für die Jury bereit. Mindestens sechzig Leute hatten sich versammelt, teils um mitzumachen, teils um zuzusehen.

Die Peppermints standen neben dem Jurypult und betrachteten das Programm des Abends.

„Wir sind schon als drittes dran von zwölf Gruppen!“, fiel Nora entgeistert auf.

„Nee, oder?“, fragte Franzi und drängelte sich vor, um das Programm selbst betrachten zu können.

Tatsächlich. Jacky, Juliette, Nora, Johanna und sie waren die dritten, die drankamen. Mist! Früher hätten die sie ja auch nicht einteilen können!

„Guckt mal, dahinten sind Chantal und Seraphina mit ihrer Zickenclique! Oh, mein Gott, sehen die bescheuert aus! Im pinkfarbenen Paillettentop und karierter Strumpfhose. Und dann auch noch einen seitlichen Zopf! Mensch, das ist total out!“, empörte sich Jacky.

„Die sehen ja aus wie Zwillinge!“, meinte Franzi abfällig, nachdem sie ihre Erzfeindinnen betrachtet hatte.

Sie erntete einen bösen Blick von Jacky und Juliette.

„Das mit den Zwillingen war nicht böse gemeint!“, entschuldigte sich Franzi schnell.

„Sollen wir mal zu Chantal und Seraphina gehen?“, fragte Nora und war schon auf dem Weg zu ihnen.

Was wollte Nora denn da? Trotz der offen gebliebenen Frage folgten Jacky, Juliette, Johanna und Franzi ihrer Freundin. Eine Traube Mädchen hatte sich um das Zickenduo versammelt und bewunderte die Outfits der beiden. Franzi bekam von dem Getuschel der Mädchen und der Wichtigtuerei von Chantal und Seraphina mit, dass die beiden einen Tanz vorführen wollten. Natürlich versicherte jede der Mädchen um die Zicken herum, sie zu wählen. Natürlich alle außer den **Peppermints**.

„Was finden die nur alle so toll an Chantal und Seraphina?“, fragte Franzi kopfschüttelnd.

Da wurde sie von einer Hand zur Seite gezogen. Erleichtert atmete sie aus, als sie sah, dass es nur Juliette gewesen war.

„Franzi, wir haben echt keine Chance, hier zu gewinnen, die sind alle total parteiisch und wählen Chantal und Seraphina!“, regte sich Jacky auf.

„Es gibt eine Wahl? Die Jury entscheidet hier nichts?“, fragte Franzi verwundert.

„Ja, jeder bekommt einen Zettel, auf den er seinen eigenen Namen und seine Klasse schreiben soll – damit niemand zwei Zettel abgibt, das wäre ja Betrug – und dann schreibt man die Gruppe drunter, die man am besten fand. Jeder hat eine Stimme und gibt seinen Zettel dann später ab“, erklärte Johanna kurz, die sich nun auch zu Juliette und Franzi gesellt hatte.

„Shit, dann können wir unseren Auftritt auch ganz lassen! Ich meine, Chantal und Seraphina haben so viele Anhänger, die wählen doch alle die Zicken!“, ärgerte sich Franzi. „Dann war ja alles vergeblich!“

Den letzten Satz schrie sie eher verzweifelt, als das sie ihn sagte, sodass sich einige Blicke zu ihnen wendeten. Franzi versuchte, die peinliche Situation mit einem Grinsen zu überspielen. Das mit dem netten Grinsen musste sie unter diesen Umständen für gleich, wenn sie dran waren, sowieso noch einmal üben ...

Jetzt stellte sich das Unterstufenteam nach vorn und bat alle, sich hinzusetzten.

Die vier Mädchen den Teams begrüßten alle, erklärten genau das, was Johanna eben schon gesagt hatte und kündigten dann die erste Gruppe an. Zuerst waren Chantal und Seraphina dran. Die beiden traten nach vorne, nahmen ein Mikrofon in die Hand und sagten dort hinein gleichzeitig:

„Wir sind Chanty und Saphi und haben uns einen tollen Tanz für euch ausgedacht! Viel Vergnügen!“

Das ganze kam so krass rüber, dass Nora kichern musste. Irgend so eine komische Tussi-Musik ertönte und Chantal und Seraphina bewegten sich dazu so was von dämlich, dass auch Franzi kichern musste, dann einen Lachkrampf bekam. Ihr Vater warf ihr aus der anderen Ecke einen mahnenden Blick zu, doch das kümmerte sie nicht.

„Ich dachte, die wollten uns Konkurrenz machen!“, prustete Johanna los.

Während die Freundinnen sich kaputtlachten, „tanzten" Chantal und Seraphina weiter zur Musik. Dabei schienen sie sich dem Gesichtsausdruck nach äußerst cool zu finden. Als sie mit ihrer Nummer fertig waren, bekamen sie Applaus, der nicht gerade laut ausfiel. Niemand schien so wirklich begeistert gewesen zu sein. Nach der Jurybewertung, als Chantal und Seraphina an den **Peppermints** vorbeischlenderten, zischten sie ihnen zu:

„Na dann viel Pech gleich, ihr Looser!"

„Ich dachte eigentlich, ihr wolltet tanzen und keine Comedy-Show machen!", konterte Franzi.

„Das wird dir noch leidtun", giftete Seraphina, hakte sich bei Chantal unter und ging irgendwo weiter nach hinten.

Die Freundinnen grinsten dennoch. Also solch blöde Dämlichkeiten sah man nicht alle Tage!

Jetzt war die zweite Gruppe dran. Drei Mädchen aus der Parallelklasse von Jacky, Juliette, Nora, Johanna und Franzi fuhren im Slalom um Hütchen Einrad und warfen sich dabei Bälle zu. Es passierten ein paar Patzer, aber ausgebuht wurden sie nicht. Jacky war erleichtert. Dann würden sie sicherlich auch nicht ausgebuht werden! Trotzdem waren **Die Peppermints** aufgeregt. Franzi am wenigsten. Sie hatte mit ihrer Geige in den letzten Jahren schon so viele Auftritte gehabt, dass sie es langsam gewöhnt war, auf einer Bühne zu stehen. Genau genommen war hier ja nicht einmal eine Bühne. Hier stand man einfach auf gleicher Ebene mit den Zuschauern und zeigte sein Talent. Jacky, Juliette, Nora und Johanna hingegen waren total nervös. Ihre Knie zitterten leicht. Und andauernd hatten sie Angst, gleich einen Fehler zu machen.

„Ich hab Angst …“, flüsterte Nora ihren Freundinnen zu.

„Du brauchst doch keine Angst zu haben. Sag dir einfach, bis wir dran sind, in Gedanken: Wir können super singen und kriegen das schon hin! Und falls uns jemand ausbuhen sollte, soll derjenige es mal besser machen!“, beruhigte Franzi ihre Freundin.

Nora nickte unsicher. So viele Leute, Erwachsene und Kinder – das war sie nicht gewöhnt. Und wenn dann auch noch alle auf sie starrten, bekam sie einen Herzinfarkt.

Nun war die Gruppe mit den Einrädern fertig mit ihrem Auftritt und bekam ihre Jurybewertung. Die sechs Mädchen der Jury aus jeweils verschiedenen Klassen sagten ihre Meinung zu dem Auftritt. Eigentlich war alles, was sie sagten, positiv. Eine Dunkelhaarige mit Brille sagte zwar etwas zu den kleinen Patzern, aber auch, dass sie es selbst nicht besser könnte und Einradfahren ziemlich schwierig sei. Eine aus dem Unterstufenteam kam jetzt wieder nach vorn und kündigte an:

„Jetzt lassen Sie sich verzaubern von Jacky, Juliette, Nora, Johanna und Franzi aus der 6b!“

Die Peppermints und Herr Ludwig gingen auf wackeligen Knien nach vorn und nahmen den Applaus einfach so hin. Johannas Herz klopfte ihr bis zum Hals. Mit klopfendem Herzen nahm sie eines der Mikrofone in die Hand.

„Wir singen für euch jetzt „Je veux“ von Zaz. Viel Spaß!“, hörte sie sich mit zitternder Stimme sagen.

Das hätte doch jetzt eigentlich perfekt laufen können! Sie hatten doch extra geübt, mit Mikrofon zu singen! Franzi nickte ihrem Vater zu. Der fetzte in seine Gitarre. Und dann sang Franzi los, zusammen mit Jacky und Nora. Die erste Strophe sangen sie zu dritt, den Refrain dann alle zusammen und die Angst und die Aufregung waren wie vom Winde verweht. Einfach verschwunden! Während die einen sangen, tanzten die anderen dazu cool und lässig. Keines der Mädchen vergaß den Text, die Stimmen der Freundinnen klangen glasklar. Alles hörte sich unbeschreiblich toll an. Und im Laufe des Liedes wurden Jacky, Juliette, Nora, Johanna und Franzi immer lockerer. In der zweiten Strophe, die Johanna, Juliette und Franzi sangen, waren ein paar Zungenbrecher eingebaut. Doch auch die klappten perfekt. Nach dem Ende des Liedes war es erst totenstill. Dann gab es einen tosenden Applaus. Einige Zuschauer pfiffen und johlten. Die Mädchen strahlten sich glücklich an und klatschten sich dann ab. Das hatte riesigen Spaß gemacht und das Publikum war begeistert! Mann, war das ein tolles Gefühl, wenn alle so applaudierten und begeistert davon waren, was man tat. Einige der Zuschauer waren sogar aufgestanden.

Unter anderem die Eltern der Freundinnen. Franzis Papa lächelte seinen „Bandmitgliedern" zu und streckte den Daumen hoch. „Ihr wart klasse!", brüllte er grinsend gegen den Applaus an.

Die Peppermints lächelten. Der Auftritt war genial!

„Jetzt kommt eure Jurybewertung!", kündigte ein Mädchen des Unterstufenteams freudig an. Die sechs Mädchen aus der Jury standen auf und reichten, nachdem jede einen Satz zu dem Auftritt gesagt hatte, das Mikrofon weiter. Alle sagten etwas sehr Positives.

„Mich habt ihr total überzeugt mit eurem Auftritt! Also ich bin begeistert von euch! Ihr habt das fast besser gemacht als Zaz und dass ihr euch getraut habt, etwas Französisches zu singen, fand ich auch super! Und die Live-Musik war auch toll!“, hatte die Dunkelhaarige mit der Brille zu Jacky, Juliette, Nora, Johanna und Franzi gesagt. Nach der Jurybewertung gingen **Die Peppermints** wieder auf ihre Plätze zurück und bekamen noch einmal einen riesigen Applaus! Das war so ein unbeschreiblich schönes Gefühl! Einige Mitschülerinnen warfen Jacky, Juliette, Nora, Johanna und Franzi bewundernde Blicke zu. Ehrlich gesagt hätte Nora sich, wenn sie nicht sie selbst wäre, auch einen bewundernden Blick zugeworfen. Es war aber auch wirklich ein gelungener Auftritt! Franzi sonnte sich in der Bewunderung der anderen.

„Wir waren genial!“, flüsterte sie den anderen zu.

„Jetzt müssen wir nur auf die Zuschauer zählen!“, flüsterte Juliette zurück.

„Ja, aber es ist doch eigentlich egal, ob wir gewonnen haben oder nicht, oder Leute? Es hat Spaß gemacht!“, meinte Johanna, während schon die nächste Gruppe mit ihrem Auftritt begann.

„Stimmt. Ich hätte nicht gedacht, dass das so locker wird. Ich dachte, einer aus der Jury macht hier auf Dieter Bohlen und macht uns so richtig schlecht und so …“, stimmte Jacky zu.

„Und mal nur so nebenbei: Niemand würde es auch nur wagen, uns schlecht zu machen! Dafür müssten die es erst einmal besser hinkriegen!", erklärte Nora und zwinkerte Franzi dabei zu.

Die lächelte. Nora hatte jetzt endlich ein bisschen Selbstbewusstsein aufgebaut. Das wurde aber auch mal höchste Zeit! Herr Ludwig und die anderen Eltern der Freundinnen kamen auf ihre Töchter zu.

„Vielleicht sollten wir ein bisschen weiter weggehen, die gucken alle auf uns und es wäre nicht gerade so günstig, wenn die gucken, wie Mum mich abknutscht!", murmelte Jacky unauffällig.

Schnell gingen **Die Peppermints** in den Flur neben der Aula, damit man sie nicht ganz so genau beobachten konnte. Und wie erwartet, folgten ihre Eltern ihnen. Herr Ludwig klopfte seiner Tochter auf die Schulter.

„Ihr ward total toll!", lobte er die Mädchen.

Das nahmen sich alle zu Herzen. Denn Herr Ludwig war das einzige Elternteil der fünf Mädchen, das etwas von Musik verstand.

„Du warst auch klasse, Papa!", grinste Franzi.

„Ich hab mir auch echt die Finger wund gespielt!", lachte Franzis Vater.

Seine Fingerkuppen waren an manchen Stellen total aufgerissen und teils sah man noch Abdrücke der Gitarrensaiten.

„Ouu ...", stutzte Franzi nur und beobachtete dann, wie die Mütter ihrer Freundinnen ihre Töchter umarmten. Nach einem Blick in die Aula und zwei Sekunden Nichts-Sagen bekam sie mit, dass noch eine Gruppe das Lied von Zaz sang.

„Leute, die singen unser Lied!", empörte sich Franzi.

„Wie? Die singen unseren Bandensong?“, fragte Juliette verwundert.

„Nein, Blödsinn! Die singen auch „Je veux“!“, erklärte Franzi ungeduldig. „Das müssen wir uns anhören! Das sind jetzt unsere größten Konkurrentinnen!“

Die anderen stimmten ihr zu und das Gehätschel und Getätschel der Eltern musste unterbrochen werden. Wie schade! **Die Peppermints** rannten so leise wie möglich in die Aula, setzten sich auf ein paar freie Stühle und hörten sich an, wie ihre größten Konkurrentinnen aus der Parallelklasse so sangen. Von „singen“ konnte allerdings nicht die Rede sein ...

„Hey, die haben gerade gar nicht richtig gesungen! Die lassen die Original-CD von Zaz im Hintergrund laufen und tun so, als würden sie singen. Dabei ist das Zaz‘ Stimme! Das ist ja Betrug! Oh, denen werde ich‘s zeigen!“ Franzi wurde wütend und wollte gerade schon aufstehen, da hielt Nora sie zurück.

„Franzi, die können dir nur leidtun, hör doch mal wie die singen, wenn die singen. Das ist total schlecht. Und die anderen hier werden das wohl auch merken! Also, beruhige dich!“, redete sie auf Franzi ein.

Es half. Franzi blieb tatsächlich mit einem schadenfrohen Lächeln im Gesicht sitzen. Als auch der Jury auffiel, dass die Mädchen, die im Moment vorn standen, nicht immer selbst gesungen hatten und viele negative Punkte aufzählten, amüsierte sich Franzi am meisten. Sie fand sich ja selbst gemein, aber das, was die sich da vorn geleistet hatten, war ja wohl der Oberhammer!

Die bittere Entscheidung

Das Unterstufenteam hatte eine 15-minütige Pause angekündigt. Die meisten Eltern warteten drinnen, bis die Pause vorbei war. Doch die Teilnehmerinnen des Wettbewerbs standen fast alle draußen auf dem Schulhof. Mehrmals kamen Mitschülerinnen der **Peppermints** und lobten den tollen Gesang, die Live-Musik und das Lied. Franzis Laune wurde dadurch immer besser. Sie hatte sich vorgenommen, diese Betrüger zu bemitleiden. Es konnte ja nicht jeder so viele Vorteile haben wie sie selbst: Einen Vater, der saugut Gitarre spielen konnte, Freundinnen die (fast) genauso gut singen konnten wie sie selbst, und ein Mikrofon und Zeit zum Üben!

„Wir waren echt verdammt gut!“, wiederholte Jacky noch einmal.

Die anderen grinsten. Ja, das waren sie gewesen!

„Leute, wir waren echt gut, aber wir haben einige unserer Konkurrentinnen noch nicht gesehen und dürfen uns nicht zu früh freuen!“, brachte Johanna ihre Freundinnen wieder auf den Boden. Alle nickten fast ein bisschen betreten.

„Vor allem dürfen wir nicht enttäuscht sein, wenn wir diesen Talentwettbewerb nicht gewinnen. Die Hauptsache ist doch, dass es uns Spaß gemacht hat. Und das hat es doch, oder?“, meinte Franzi.

Wieder ein einstimmiges Nicken.

„Gut! Dann denke ich, können wir jetzt langsam wieder reingehen. Die Pause ist gleich vorbei!“, schlug Nora nach einem Blick auf die Uhr vor.

Doch dazu kamen **Die Peppermints** gar nicht. Denn sie wurden aufgehalten. Und zwar von ...

„Hallo Madame Leroc!“, begrüßte Juliette ihre Französischlehrerin.

Madame Leroc hatte den Talentwettbewerb zusammen mit dem Unterstufenteam organisiert und ganze Arbeit geleistet, auch was die Dekoration betraf. Sie war total außer Atem. Anscheinend war sie gerade durch das gesamte Schulgebäude gelaufen, um Jacky, Juliette, Nora, Johanna und Franzi zu suchen.

„Bonjour ... mes petits filles! Ihr ... wart fantastiesch! Das ... ihr ‘abt gemacht très bien! Isch ... wollte euch nach eure Auftritt super fragen, ob ihr ‘ättet Lust, an die Sommerfest nach die Ferien eure chanson zu singen encore une fois? Das würde uns alle sehr freu‘en! Vous chantez à la ... äh ... isch meinte, ob ihr nun wollt singen an die Schulfest in die Sommer?“, schnaufte Madame Leroc mit ihrem lustigen Akzent begeistert.

Die Freundinnen schauten sich glücklich an. Das war die Chance für ihre große Karriere! Schülerinnen aller Klassenstufen würden auf dem Schulhof stehen und ihnen zujubeln, damit sie, **Die Peppermints**, eine Zugabe geben würden. Jacky wurde von Madame Lerocs Stimme in die Realität zurückgeholt.

„Also, was ist, mes filles?“, wiederholte sie ihre Frage noch einmal.

„Aber natürlich würden wir am Schulfest singen!“, rief Franzi begeistert und umarmte ihre Französischlehrerin voller Freude stürmisch.

Die nahm ihr das nicht mal übel.

„Isch freu‘e misch auf euch!“, strahlte Madame Leroc, warf den Mädchen eine Kusshand zu und eilte wieder in die Aula.

„Aah!“, kreischten Jacky und Juliette, als die Lehrerin außer Hörweite war. „Wir haben uns einen Auftritt am Schulfest gesichert! Boah, ist das geil! Mensch, Leute! Wir starten noch als Band durch!“

„Eigentlich war ich ja eher für Detektivinnen, aber ‘ne Band ist auch gut! Oder beides …“, fand Franzi.

Dann fing auch sie an mit Jacky und Juliette im Chor, wie verrückt zu kreischen an: „Wir haben uns einen Auftritt am Schulfest gesichert!“

Und dann machte die ganze Bande mit. Irgendwann schauten auch die anderen Leute, die auf dem Schulhof herumstanden, zu den Freundinnen und fragten sich, ob bei denen noch alles im grünen Bereich sei. Aber das kümmerte **Die Peppermints** nicht. Sie freuten sich wie verrückt! Das mussten sie sofort Franzis Vater erzählen. Schnell sprinteten sie in die Aula, wo das Unterstufenteam gerade das Programm fortsetzte.

„Papa“, keuchte Franzi so leise wie möglich, als sie bei ihrem Vater ankam, „unser nächster Auftritt ist am Schulfest nach den Sommerferien!“

„Super! Das wird bestimmt toll! Da freu ich mich schon drauf! Dann fetzen wir noch mal richtig die Bühne, oder besser gesagt den Schulhof!“, freute sich Herr Ludwig.

Auftritte erinnerten ihn wieder an seine jungen Jahre, in denen er selbst regelmäßig Auftritte mit seinen Bands hatte ...

Nachdem eine Stunde später alle Gruppen und auch Solo-Künstlerinnen ihren Auftritt hinter sich hatten, gab es eine kleine Pause, in der die Wahlzettel, die man vorher in eine Kiste werfen sollte, ausgewertet wurden. Gespannt saßen wieder die Eltern drinnen und die Teilnehmerinnen des Talentwettbewerbs draußen auf dem Schulhof und warteten darauf, dass jemand aus dem Unterstufenteam sie wieder in die Aula bat.

„Oh, Gott, bin ich aufgeregt, meine Hand zittert!", flüsterte Nora an ihren Fingernägeln kauend und hielt ihren Freundinnen ihre Hand hin. Diese zitterte wie verrückt.

„Ich bin ja so gespannt, wer gewonnen hat!", seufzte Johanna nervös.

Ihre Knie zitterten schon wieder. Anna, ein Mädchen aus dem Unterstufenteam, trat auf den Schulhof und bat alle, in die Aula zu kommen. Juliette murmelte etwas Unverständliches. Wahrscheinlich, vermutete Franzi, redete sie etwas von: „Ich bin so aufgeregt!" oder so etwas in der Art. Jetzt war auch Franzi aufgeregt. Ihr war total heiß am ganzen Körper. Bestimmt war ihr Kopf tomatenrot von der Hitze. Sie zog ihre Freundinnen nach drinnen, wo schon fast alle Platz genommen hatten. Die Freundinnen setzten sich zu ihren Eltern und atmeten tief ein und aus.

„Die Entscheidung ist gefallen und der Gewinner des Talentwettbewerbs der Unterstufe steht somit fest. Ihr habt alle tolle Talente. Doch das Talent von einer Gruppe wurde zum besten Talent gewählt. Ich bitte zuerst noch einmal um einen großen Applaus für alle Teilnehmerinnen unseres Talentwettbewerbs!", sagte Anna durch das Mikrofon. Es gab einen großen Applaus für alle und die Kinder wurden noch einmal von ihren Eltern gelobt. **Die Peppermints** reichten sich die Hände. Jetzt brauchten sie Kraft, falls Chantal und Seraphina zum Beispiel gewinnen würden. Die fünf atmeten noch einmal tief ein und aus. Die Mädchen nickten sich zu. Nora schloss die Augen. Vorne in der Aula redete nun ein anderes Mädchen weiter.

„Fangen wir von hinten an. Der dritte Platz des heutigen Abends geht an ... Dorothea, Kim, Julia und Helena, die Tanzgruppe aus der Klasse 6a! Kommt nach vorn!", rief das Mädchen durch das Mikrofon.

Alle Leute klatschten und die vier Mädchen gingen nach vorn um ihren kleinen Preis abzuholen. Ein Gutschein für eine kleine Portion Popcorn im Kino. Juliette hatte ein mulmiges Gefühl im Bauch. Es fühlte sich an, als würden sämtliche Organe ihre Plätze tauschen. Den dritten Platz hatten sie schon einmal nicht erreicht. Aber einen besseren Platz als den Dritten würden sie nie erreichen ... Johanna zupfte nervös an ihrem Glitzertop herum und Franzi zog ihren mit Strasssteinchen bedeckten Minirock zurecht.

„Der zweite Platz geht an ... Lisa, Amalia und Louisa, das Einrad-Trio! Herzlichen Glückwunsch!", machte Anna wieder weiter.

Wieder ein Applaus, die Preisträgerinnen des zweiten Platzes gingen nach vorn, um sich ihren Preis abzuholen.

„Jetzt wird's spannend!", flüsterte Franzi und warf Jacky, Juliette, Nora und ihrer besten Freundin Johanna einen ermutigenden Blick zu. So nach dem Motto: Egal was passiert, wir hatten Spaß und wir bleiben Freundinnen – und das ist doch das wichtigste im Leben!

„Der erste Platz geht an ... Elisa und Jenny aus der 6c!", hörte Jacky Anna sagen. Einige Leute applaudierten, andere hörte man schimpfen und maulen. Anscheinend hatten nicht gerade deren Favoriten gewonnen. Alle Leute redeten wild durcheinander.

„Das war's, wir haben nicht gewonnen!", schniefte Nora enttäuscht.

Verstohlen wischte sie sich ein paar Tränen weg. Die anderen schauten sich genauso enttäuscht an. Noras Mutter tröstete ihre Tochter und auch die Eltern der anderen redeten beruhigend auf ihre Töchter ein.

„Moment! Heute haben zwei Gruppen gleich viele Stimmen bekommen! Es gibt dadurch zwei erste Plätze", verkündete Anna plötzlich überrascht und alles war wieder still. „Der zweite erste Platz geht nämlich an ... Jacky, Juliette, Nora, Johanna und Franzi mit ihrem Song von Zaz!"

Ein tosender Applaus ertönte. Einige Leute pfiffen und johlten wieder. **Die Peppermints** starrten sich erst ungläubig an, dann kreischten sie glücklich und fielen sich um den Hals! Sie hatten den Talentwettbewerb gewonnen! Ja, sie hatten es geschafft! Das viele Proben war nicht vergeblich gewesen!

„Wir haben einen ersten Platz! Man, Leute! Aah! Ich freu‘ mich so!“, schrie Nora.

Und auch die anderen waren begeistert! Zunächst gratulierten die Eltern der Mädchen, danach sämtliche Mitschülerinnen. Alle waren letztendlich zufrieden und freuten sich für die Mädchen. Nur Chantal und Seraphina standen mit ihren Eltern in der hintersten Ecke der Aula und machten mürrische Gesichter. Ab und zu warfen sie den Freundinnen neidische Blicke zu.

„Das war ja klar, dass die es uns nicht gönnen, dass wir gewonnen haben!“, meinte Juliette.

Doch im Moment konnte sie einfach nicht wütend sein. Dafür war sie viel zu glücklich und erleichtert!

Der Preis für Jacky, Juliette, Nora, Johanna und Franzi, den sie abholten, nachdem ihnen alle gratuliert hatten, war eine riesige Tafel Schokolade und eine Packung Raffaello. Die Freundinnen ließen es sich schmecken, sodass sie die Leckereien ratzfatz weggegessen hatten.

Als eine Viertelstunde später schon draußen alles dunkel war und fast alle Teilnehmerinnen und Zuschauer des Talentwettbewerbs nach Hause gefahren waren, standen Jacky, Juliette, Nora, Johanna und Franzi auf dem Schulhof und verabschiedeten sich voneinander.

„Ich bin so froh, dass ihr mitgemacht habt! Immerhin hab‘ ich euch einfach so angemeldet, ohne vorher zu fragen. Das war ganz schön … blöd von mir!“, gab Franzi zu.

Jacky, Juliette, Nora und Johanna lächelten sich an.

„Weißt du was? Wir sind froh, dass du uns angemeldet hast! Das hat nämlich jede Menge Spaß gemacht. Die

Proben zusammen mit deinem Vater, unserem Gitarristen, aber auch endlich mal wieder ein Ziel zu haben, für das man sich anstrengen muss. Und der Auftritt war natürlich auch sensationell. Und dass wir einen ersten Platz gemacht haben! Wenn auch nur einen zweiten ersten Platz!", schmunzelte Johanna. Franzi lächelte.

„Ihr habt das echt toll gemacht!", lobte sie ihre Freundinnen noch einmal.

Fünf Mädchen, die sich anlächelten, fünf Mädchen, die sich zur Verabschiedung umarmten, fünf Mädchen, die in vier verschiedene Autos stiegen. Fünf beste Freundinnen – für's Leben!